KENNETH OPPEL

EL NIDO

ILUSTRADO POR

JON KLASSEN

OCEANOexprés

EL NIDO

Título original: *The Nest*

© 2015, Kenneth Oppel

Ilustración de portada e interiores: © 2015, Jon Klassen
Diseño: Lucy Ruth Cummins

Traducción: Mercedes Guhl

D.R. © 2019, Editorial Océano, S.L.
Milanesat 21-23, Edificio Océano
08017 Barcelona, España
www.oceano.com

D. R. © 2019, Editorial Océano de México, S.A. de C.V.
Homero 1500 - 402, Col. Polanco
Miguel Hidalgo, 11560, Ciudad de México
info@oceano.com.mx

Primera edición en Océano exprés: marzo, 2019

ISBN: 978-607-527-929-9

Impreso en México / Printed in Mexico

Para Julia, Nathaniel y Sophia

*L*a primera vez que las vi creí que eran ángeles. ¿Qué otra cosa podían ser con esas pálidas alas como de gasa y la música que producían y la luz que irradiaban? De inmediato tuve esa sensación de que me habían estado observando, a la espera, que me conocían. Aparecieron en mis sueños a los diez días del nacimiento del bebé.

Todo se veía un poco borroso. Yo estaba en una especie de cueva hermosa con paredes brillantes como tela blanca iluminada desde afuera. Los ángeles me miraban desde arriba, mientras flotaban en el aire. Sólo una se acercó, luminosa y blanca. No sé cómo, pero supe que no era uno, sino una. Fluía luz de ella. No la veía con precisión, pero no parecía nada humana. Tenía unos enormes ojos oscuros y una especie de melena hecha de luz. Al hablar, yo no veía una boca que se moviera, pero percibía sus palabras como una brisa sobre mi rostro, y las entendía perfectamente.

—Hemos venido a ayudar —dijo—. Estamos aquí por lo del bebé.

Había algo en el bebé que no andaba bien, pero nadie sabía qué era. Ni nosotros, ni los doctores. Tras una semana en el hospital, Papá y Mamá pudieron traerlo a casa, pero casi todos los días tenían que volver para hacerle más estudios. Cuando regresaban, había nuevas noticias, nuevas teorías.

No era un virus, algo de lo que el bebé se recuperaría. No era ese tipo de enfermedad. Podía ser más bien una especie de enfermedad de la cual uno nunca mejora. Era posible que nunca llegara a hablar o a caminar. Que nunca fuera capaz de comer solo. Que no sobreviviera mucho tiempo.

Cuando nació el bebé, Papá llegó a casa y me contó el problema. Había algo que no funcionaba bien en su corazón y en sus ojos y en su cerebro y probablemente habría que operarlo. Muchas cosas andaban mal con el bebé.

Y seguramente había cosas que Papá y Mamá no me decían, y a Nicole no le habían contado nada de nada. Ella pensaba que al bebé le estaban poniendo todas sus vacunas a la vez, y que eso era normal... que un recién nacido fuera al hospital todos los días y a veces se quedara a dormir allí.

Por las noches, a veces oía retazos de la conversación de mis papás, palabras o fragmentos de oraciones:

—... algo muy raro...

—... el pronóstico no es bueno... no saben...

—... ¿Degenerativa?

—... nadie sabe mucho de nada...

—... congénito...

—... ya habíamos pasado la edad adecuada, no debimos...

—... nada qué ver con eso...

—... el doctor no supo...

—... seguro que no va a tener un desarrollo normal...

—... no se sabe... nadie sabe...

Durante el día, Mamá y Papá se la pasaban averiguando cosas en libros y en la computadora, leyendo y leyendo. A veces eso parecía ponerlos contentos, pero otras veces los entristecía. Yo quería enterarme de qué trataba todo lo que leían y qué estaban aprendiendo, pero ellos no hablaban mucho del tema.

Tenía mi sueño de los ángeles en la cabeza, pero lo mantuve en secreto. Sabía que era un sueño tonto, pero me hacía sentir mejor.

Ese verano había sido especial para las avispas. Eso decían todos. Por lo general, aparecían en agosto, pero este año habían llegado más pronto. Papá ni siquiera había instalado sus avisperos de papel. Tampoco es que esos avisperos falsos funcionaran muy bien para disuadirlas. Un verano ensayamos unas trampas líquidas, las llenamos a medias con limonada para atraerlas y que cayeran dentro y se ahogaran. Se fueron acumulando allí. Yo odiaba las avispas, pero ni siquiera por eso me gustó verlas en esa especie de fosa común donde morían; las pocas que sobrevivían trepaban por encima de los cadáveres, en un intento inútil por escapar. Era como esa imagen del infierno de ese viejo cuadro que había visto en un museo y que no había podido olvidar. El caso es que ahora teníamos un montón de avispas revoloteando alrededor de nuestra mesa, sobre todo cerca de la jarra de té helado. Yo no las perdía de vista ni un momento.

Era domingo y estábamos en el jardín trasero. Todos estábamos cansados. Nadie decía gran cosa. El bebé dormía la siesta en su cuarto, y el monitor para oírlo estaba sobre la mesa, al máximo volumen para poder percibir hasta el menor ruido. Bebíamos té helado bajo la sombrilla que nos protegía del sol. Nicole estaba sobre la hierba, donde Mamá le había extendido una manta, y allí tenía su castillo de Lego con algunas figuras de acción. Ahí estaban sus caballeros y su enorme Lego y su teléfono de juguete. Le encantaba ese teléfono. Era anticuado, de plástico, y los números se marcaban haciendo girar un disco transparente. Había sido de Papá cuando era niño, y seguía en perfecto estado. Papá decía que él había cuidado mucho sus juguetes.

De repente, Nicole interrumpió su ataque al castillo y levantó el auricular del teléfono de juguete, como si acabara de timbrar. Habló un poco, se rio y luego frunció el entrecejo, como un médico que estuviera enterándose de noticias graves.

—Muy bien —y colgó.

—¿Cómo está el señor Nadie? —le pregunté.

—Bien —contestó ella.

Lo del señor Nadie era un chiste familiar. Hacía cosa de un año, justo antes de que Mamá quedara embarazada, al menos una vez al día sonaba el teléfono y al otro lado no se oía más que silencio. Cuando contestábamos, nadie hablaba. ¿Quién podía ser? Papá fue a quejarse ante la compañía telefónica, y dijeron que iban a averiguar, pero siguió sucediendo, así que tuvimos que cambiar de número. Las llamadas dejaron de suceder por un tiempo. Luego de unas semanas, sin embargo, regresaron.

Nicole comenzó a decir que era el señor Nadie quien llamaba. El señor Nadie se entretenía llamando a nuestra casa para luego guardar silencio. El señor Nadie se sentía solo, nada más. Era un bromista. Quería tener amigos. Nicole empezó a incluirlo en sus oraciones de antes de acostarse. A su lista de personas a las que les mandaba bendiciones agregaba: *Y también al señor Nadie.*

—¿Te contó algún chiste, Nicole? —le pregunté desde lejos—. ¿O alguna novedad interesante?

Nicole puso los ojos en blanco, dando a entender que yo era un tonto.

Dos avispas revolotearon alrededor del borde de mi vaso. Lo moví, pero ellas lo siguieron, les gustan los líquidos dulces. Jamás me había picado una avispa, pero me aterrorizaban, desde siempre. Yo sabía que era algo irracional y cobarde pero, cuando las sentía cerca, mi mente se llenaba de un ruido caliente y no podía dejar de manotear en todas direcciones.

Una vez, antes de que naciera el bebé, fuimos de excursión al monte Maxwell. Estábamos admirando la vista desde arriba cuando una avispa empezó a revolotear junto a mi cabeza y no se iba. Salí corriendo en dirección al precipicio. Papá me frenó y me gritó que hubiera podido matarme. ¡Contrólate!, gritó. Siempre recordaba esa palabra cuando veía una avispa. Había un montón de cosas que se suponía que yo debía aprender a controlar, pero no me iba muy bien con eso.

Una tercera avispa se acercó. Era diferente de las otras dos. En lugar de las franjas amarillas y negras en su cuerpo, ésta era casi enteramente blanca, con unas cuantas franjas de color gris plateado. Tenía la misma forma que las otras, pero era algo más grande. Las dos primeras se alejaron y la recién llegada se posó en el borde de mi vaso.

Al tratar de espantarla, se volvió hacia mi cara y yo me eché para atrás en mi silla con tal brusquedad que ésta cayó al suelo de un golpe.

—Déjala en paz, Steve —dijo Papá—. Si haces mucho alboroto hay más probabilidades de que te pique.

No lo podía evitar. Lo que menos me gustaba era cuando me revoloteaban frente a la cara.

—¿Dónde está? —pregunté.

—Ya se fue —contestó Mamá.

No se había ido. La sentí caminar sobre mi pelo.

Con un alarido traté de aplastarla, y de repente sentí algo ardiente que me perforaba la palma de la mano. Retiré la mano a toda prisa. En la parte carnosa cerca del pulgar había un punto rojo brillante, y la piel alrededor ya se sentía caliente.

—¿Te picó? —preguntó Mamá.

No pude contestar. Sólo me quedé mirando.

—¡Por favor! —gruñó Papá, mientras se acercaba a ver—. Ven adentro y te lavamos.

La mitad inferior de mi mano empezó a sentirse más gruesa, igual que al entrar en la casa luego de un día muy frío de invierno, cuando me empezaba a calentar de repente.

—Se ve un poco hinchada —dijo Papá.

Comparé ambas manos, aturdido.

—Está muchísimo más colorada que la otra.

—Vas a estar bien.

No me sentía nada bien. Una oleada de calor me corría por el cuerpo. Empezaba en el centro de la espalda, y desde ahí irradiaba hacia los hombros y me bajaba por los brazos. Sentí que mi corazón empezaba a acelerarse.

—No me siento bien —me senté.

—¿Crees que sea alérgico? —oí que preguntaba Mamá preocupada. Señaló—: Mira.

Yo tenía puesta una camiseta, y en mi brazo vi que había aparecido un grueso salpullido.

—¿Tienes comezón? —preguntó Papá.

—No sé —contesté, atontado.

—Que si te dan ganas de rascarte… —insistió con impaciencia.

—¡Sí! ¡Tengo comezón!

—Tiene las manos hinchadas. Deberías llevarlo —dijo Mamá.

—¿Al hospital? —de sólo decir la palabra sentí que un choque eléctrico me recorría de arriba abajo. El corazón me latía con fuerza. Me sentía caliente, hirviendo—. ¿Voy a morir?

Papá suspiró.

—No, Steve, no vas a morir. Tan sólo tienes un ataque de pánico, ¿ves? Respira hondo, muchacho.

Me alegró que Papá no pareciera muy preocupado, sólo cansado. Si se hubiera visto tan preocupado como Mamá, me habría muerto del miedo.

—Deberíamos rentar un cuarto en el hospital —dijo.

El hospital no quedaba lejos, y la enfermera que me examinó al llegar no pensó que el asunto fuera de vida o muerte. Me dio a tomar un antihistamínico, y nos fuimos a sentar en una sala de espera repleta. Papá leía una revista. Yo no quería tocar nada en caso de que tuviera gérmenes. Miraba a todas partes, a la demás gente. La mayoría no se veía mal tampoco, pero estaban enfermos, si no, ¿por qué otra razón estarían allí? Y podían tener algo que se me contagiara. Cada quince minutos me levantaba al baño para lavarme las manos y después me las embarraba con el gel antibacterial que había en un dispensador en una de las paredes. Trataba de respirar tomando aire de a poquito para no inhalar demasiada atmósfera de hospital. Tuvimos que esperar un par de horas y, para cuando vi al doctor, el salpullido ya se estaba desvaneciendo y la mano no se veía tan hinchada.

—Tuviste una reacción alérgica de leve a moderada —dijo. Bajo sus ojos pesaban las sombras de unas ojeras. No me miraba al hablar. Supongo que ya había hablado con suficientes personas ese día—: Pero puede que las cosas sean peores la próxima vez. Así que te voy a recetar una dosis inyectable de epinefrina.

Sabía lo que era eso. Había estado en el salón de profesores de mi escuela una vez y vi que tenían una cartelera completamente tapizada con bolsitas de plástico, cada una con la foto de un niño y su correspondiente jeringa ya lista.

—También puede ser que quieran darle un tratamiento de vacunas antialérgicas, y así no tendrán que volver a preocuparse por la epinefrina —dijo el doctor a Papá.

En el estacionamiento, cuando Papá se sentó frente al volante, dejó escapar un suspiro prolongado antes de girar la llave en el encendido. Era el mismo hospital en el que había nacido el bebé. El mismo al que Papá y Mamá tenían que ir casi todos los días.

No hablamos mucho en el camino de regreso a casa. Me sentía mal por el piquete y por obligarlo a llevarme al hospital. Papá se veía cansado. Me echó un par de miradas durante el trayecto y preguntó cómo me sentía. Le dije que bien. Asintió y sonrió. Me dio una palmadita en la rodilla.

—Lamento haber reaccionado con mal humor —dijo.

—Está bien.

—Bueno, vamos a ponerte esas vacunas en cuanto podamos.

No me emocionaba mucho el asunto de que me pusieran una cantidad de inyecciones, pero dije:

—Gracias.

Esa noche dormí profundamente, y fue la primera vez que vi a los ángeles.

Todavía siento miedo en las noches. Al irme a dormir, me tapo hasta la cabeza y dejo sólo un pequeño agujero para poder respirar, aunque no consigo ver nada por él. He dormido así desde que tengo memoria. Me avergüenza y jamás se lo cuento a nadie. Tengo muchas pesadillas. Una de las peores es que me despierto en mi cama, todavía cubierto por las cobijas, pero sé que hay algo o alguien a los pies de mi cama. Estoy demasiado asustado para moverme o gritar, y luego oigo un ruido como de papel que se rasga y me arrancan las cobijas del cuerpo. Puedo sentir que su peso desaparece y el repentino soplo de aire frío, y sé que quedo totalmente expuesto a lo que sea que me acecha junto a mi cama. Y es entonces que me despierto de verdad.

Cuando era pequeño, llamaba a Mamá, siempre a ella, y venía y se sentaba en el borde de mi cama y me consolaba. A veces se quedaba hasta que yo me volvía a dormir. Otras veces, luego de unos minutos, regresaba a su cuarto y me decía que la llamara si la necesitaba. Y yo me envolvía otra vez en mis cobijas y hacía lo posible por dormir de nuevo.

En esa época había un programa de TV que me gustaba, sobre un par de agentes secretos que tenían un laboratorio secreto. Para llegar hasta él, movían un interruptor y parte del suelo descendía hasta su guarida subterránea. Yo deseaba que mi cama fuera algo semejante, para que cada vez que sintiera miedo, pudiera apretar un botón y que mi cama bajara y luego el piso se cerrara por encima de mí, de forma que nada pudiera atravesarlo. Nadie lograría entrar. Yo podría estar completamente a salvo y fuera del alcance de todos en mi pequeño nido.

Pero no tenía una cama así. Y por eso me dedicaba a oír los ruidos de la casa en todas sus labores nocturnas, los crujidos de la madera, la caldera de la calefacción, el motor del refrigerador y todas las otras cosas secretas que hacía la casa en las noches. Y trataba de volverme a dormir, pero a veces no lo conseguía, y empezaba a sentir todo de nuevo... esa figura en mi cuarto, esa cosa que me miraba desde los pies de mi cama, y llamaba a Mamá otra vez. Y ahora entraba tambaleante y hacía lo que yo quería que hiciera desde el principio: preguntarme si quería dormir con ellos hasta el otro día. Cuando era más pequeño, pasaba mucho tiempo en su cama. Dormía junto a Mamá, en el borde de la cama, tratando de ocupar el menor espacio posible porque no quería que ya no me dejaran dormir allí.

Nunca les conté a mis amigos sobre todo esto, nunca. Que me daba miedo la oscuridad, que tenía pesadillas, que a veces dormía en la cama de mis papás.

La noche después del piquete de avispa sentí que la pesadilla se acercaba en mi sueño, como las nubes que se juntan en el horizonte antes de una tormenta. Una sombra oscura se formó al pie de mi cama y desde allí me observaba.

Y fue cuando sucedió la cosa más increíble. Se oía un sonido, una especie de zumbido musical grave, y junto con eso vi puntos de luz. Lo sé porque abrí los ojos. Por primera vez en la vida, me di la vuelta en mi sueño y abrí los ojos. Cada vez había más trocitos luminosos que rodeaban la forma oscura y se posaban en ella, y la oscuridad empezó a disolverse y a desaparecer. Y sentí un alivio enorme.

De repente, me vi en un espacio que parecía una cueva luminosa. Estaba tendido bocabajo, y frente a mí estaba su voz.

—Hemos venido a ayudar —dijo—. Estamos aquí por lo del bebé.

—¿Quiénes son ustedes? —pregunté.

—Aparecemos cuando las personas están asustadas o en problemas. Aparecemos cuando hay tristeza y dolor.

Miré a mi alrededor, a todas las criaturas de luz que había en las paredes y en el aire.

—¿Son ángeles?

—Puedes decirlo así.

Me levanté. Traté de ver con más detalle al ángel frente a mí. Su sola cabeza parecía casi de mi tamaño. Era como estar de pie ante ese enorme león en el museo, sólo que aquí la melena y los bigotes eran de luz, los ojos eran grandísimos y la boca no se movía. Era una criatura magnífica, y yo no estaba muy seguro de que tuviera boca siquiera, pero sí me di cuenta de que, cada vez que hablaba, algo me rozaba la cara y percibía el olor a césped recién cortado.

—Ahora —dijo—, la primera pregunta es: ¿cómo estás?

—Bien, supongo.

Asintió paciente, esperando.

—Todos están preocupados por el bebé —agregué.

—Es terrible cuando suceden estas cosas —dijo—. Pero son más bien comunes, ¿sabes? Eso consuela un poco. No están solos en esto.

—No, me imagino que no.

—Y tu hermanita, ¿cómo está?

—Ella es una pesadilla, como siempre —empezaba a entrar en confianza.

—Ah, sí, las hermanas pequeñas.

—No creo que ella entienda en realidad que el bebé no está bien, que está en verdad enfermo.

—Eso está bien. ¿Y tus papás?

—Ellos sí están superpreocupados.

—Es normal.

—Y asustados.

—Por supuesto que sí. Nada asusta más que tener un niño enfermo, y tan pequeño, un recién nacido, tan vulnerable. Es lo peor para un papá o una mamá. Por eso hemos venido a ayudar.

—¿Y cómo van a ayudarnos?

—Mejoramos la situación.

—¿Te refieres al bebé?

—Claro.

—Nadie sabe bien qué es lo que le sucede.

—Nosotras sí.

—¿Los ángeles lo saben todo?

Se rio.

—¡Todo es mucho decir! Pero sabemos lo suficiente como para entender qué es lo que le pasa al bebé. Es un problema congénito.

—¿Qué significa eso?

—Que nació con el problema. No te preocupes, que ya sé que eres un preocupón, no es nada que te pueda contagiar ni que puedas contraer más adelante.

Me pregunté cómo sabía que yo me preocupaba por todo. Pero me imaginé que los ángeles se enteraban de muchas cosas sin necesidad de que se las dijeran.

—Es un pequeñísimo defecto dentro de él, y podemos corregirlo —explicó.

—¿Pueden corregirlo? —pregunté, esperanzado.

—Sabes qué es el ADN, ¿verdad?

Lo recordaba de las clases de ciencias: todas esas minúsculas piezas dentro de nuestras células, como una escalera en espiral, que nos convierten en lo que somos.

—Pues bien —continuó—, a veces esos trocitos se desordenan. Una equivocación diminuta que puede traer problemas graves. Las personas son muy complejas por dentro.

—¿Cuándo? —pregunté—. ¿Cuándo podrían hacer todo eso?

—Pronto. Ya lo verás.

Y entonces desperté.

Esperé tres días antes de contarle a Mamá de mi sueño.

Al principio no iba a decirle porque yo tenía siempre sueños raros y parecía que eso la ponía triste. No quería que se preocupara. No quería que pensara que yo era un bicho raro. Pero ese día se veía tan cansada mientras le daba de comer al bebé, que supuse que este sueño la haría sentirse mejor. Sonrió cuando se lo conté, pero era una sonrisa medio triste.

—Siempre has tenido sueños muy interesantes —dijo—. A lo mejor significa que las cosas van a estar bien.

Cuando era pequeño, Papá y Mamá a veces iban a la iglesia, pero habían dejado de hacerlo unos años atrás. De repente en Pascua o Navidad. No hablábamos de Dios ni nada. Nicole rezaba por las noches y encomendaba a unas cuantas personas. Lo debió tomar de Papá o Mamá. Pero Mamá también leía el horóscopo todos los días. Decía que lo hacía sólo por diversión, así que no creía que se lo tomara en serio. Una vez la oí decir que no éramos los únicos seres en el universo, pero no estoy seguro de lo que quiso decir con eso. ¿Extraterrestres o alguna forma de fuerza sobrenatural, tal vez? Ni siquiera sabía si ella creía en Dios.

Lo único que sabía es que ese sueño me había hecho sentir mejor. Al despertarme, me sentí alegre. A veces me pasaba que un sueño proyectaba una especie de luz esperanzadora desde la noche hacia el nuevo día.

Mamá le estaba dando el biberón al bebé. Había intentado amamantarlo, pero él no resultó muy hábil para tomar del pecho. Algo dijeron respecto a que los músculos de su boca no eran suficientemente fuertes.

Después, el bebé tenía sueño y Mamá lo puso en su cuna. Cuando lo miré, esto fue lo que vi: un bebé. Me parecía normal, feo, como una tortuga, con el cuello todo arrugado. Unos puñitos rojos y apretados. Nicole se veía así cuando nació. Y yo también, en las fotos.

Esto es lo que podía hacer el bebé: dormía mucho. Hacía caras chistosas. Movía pies y manos. Sacaba la lengua. Lloraba. Hacía sonidos como de pterodáctilo. Hacía ruidos al comer. A veces escupía y se atragantaba, y Mamá tenía que darle palmaditas en la espalda. Si uno le daba el dedo índice, lo agarraba con su manita. Volteaba a mirar las luces fuertes. A veces no nos veía y otras nos miraba fijamente. A veces tenía los ojos semiabiertos; a veces bien abiertos y le brillaban de curiosidad. Pataleaba con sus piernitas flacuchas y manoteaba por nada en particular.

Pero cuando lo miraba, lo que pensaba casi siempre era en las cosas que no podía ver: todo lo que andaba mal en su interior.

Me parecía una tontería tener niñera. Yo no necesitaba niñera, pero Nicole, sí. Y yo no quería ser el encargado de cuidarla cada vez que Papá y Mamá tenían que trabajar o llevar al bebé a sus citas médicas.

Se llamaba Vanessa y estudiaba biología en la universidad. Durante el verano estaba tomando un curso, y el resto del tiempo trabajaba con nosotros. Hablaba muy despacio, y yo a veces hubiera querido que lo hiciera más rápido. Me impacientaba tener que esperar a que terminara una frase. Vivía en un apartamento en un sótano a unas cuadras de la casa. Su ropa olía un poco a humedad y a cuero cabelludo. A Nicole ella le caía muy bien. Decía que sabía jugar a los castillitos, y que era muy buena para hablar de bichos y de caballos.

Yo estaba dentro, viendo la tele, donde sí había aire acondicionado y ni una avispa. Papá le había

mostrado a Vanessa mi inyección de epinefrina y dónde estaría, en el armario de las medicinas, en el baño de abajo.

A través de las puertas corredizas del patio podía ver el jardín de atrás. Vanessa estaba en la terraza. Caminó hacia la mesa a servirle un poco de limonada a Nicole, que jugaba en los columpios. Entonces miró la mesa de madera y se quedó viéndola fijamente. Su mirada era tan intensa que me puso la carne de gallina.

Fui hacia la puerta y la abrí.

—¿Qué pasa?

—¡Ssshhh! —dijo sin mirarme, y me hizo señas para que me acercara. Asintió. Había una avispa enorme sobre la mesa. Tenía franjas pálidas, como la que el otro día me picó.

—Nunca había visto una como ésta.

—No es de las que tienen franjas amarillas y negras.

—Ni un avispón, mmmm —se notaba que le había despertado la curiosidad—. A lo mejor es una avispa albina. Pero definitivamente no es una avispa solitaria, sino de las que viven en grupo y hacen avisperos.

—¿Cómo lo sabes?

—Mira lo que está haciendo.

La avispa estaba frotando su cabeza contra la superficie de la mesa. Se oían unos chasquidos leves.

—¿Le ves las mandíbulas? —susurró.

—¿Por qué se está comiendo la madera?

—No se la come. Las avispas adultas sólo se alimentan de néctar.

—¿Y qué está haciendo entonces?

—La recolecta.

Detrás de la avispa vi una raya más pálida, donde había raspado la mesa.

—Toma un poco de fibra de madera, la mezcla con su propia saliva y luego la regurgita.

—¿Para qué?

—Para construir el nido o avispero. Mira, allá va.

Di un paso atrás al ver que la avispa levantaba el vuelo y se elevaba en el aire. Al instante otro insecto aterrizó pesadamente en la mesa. Me tomó un segundo darme cuenta de que en realidad eran dos bichos. El que estaba encima era una gran avispa plateada, y llevaba entre las patas una araña muerta. La araña era más grande que la avispa, y ésta tuvo que hacer un par de intentos antes de poder remontar el vuelo de nuevo. Lentamente, al igual que un avión con un cargamento pesado, se elevó con su presa y voló en la misma dirección que la primera avispa. El desayuno se me revolvió en el estómago.

—Parece que están haciendo un nido cerca —dijo Vanessa, formando una visera con la mano para seguir a la avispa con la mirada.

Estaba muy arriba y no parecía interesada en picarme, así que seguí a Vanessa por un costado de la casa, más allá del arce japonés preferido de Papá. Miramos hacia arriba.

—¿Lo ves? —preguntó—. Allá está, bien alto.

Bajo el alero, justo en el lugar donde se levanta el tejado, había una pequeña pelota semiesférica. Unas cuantas figuras revoloteaban alrededor. Nuestra avispa desapareció en el interior de la pelota.

—Están hechos de diferentes fibras de árboles y plantas o de mesas de madera. Por eso los avisperos pueden tener distintos colores.

—Tan sólo es un tipo de gris —dije.

Miré con más detenimiento los postes de nuestra cerca del jardín y por todas partes vi rayas blancas. Las avispas se estaban comiendo la cerca y la mesa para construir su nido.

—Es increíble —dijo Vanessa—. Son unas pequeñas ingenieras y arquitectas increíbles.

—Soy alérgico a ellas —le recordé.

—Sé dónde está tu inyección de epinefrina.

El nido estaba justo encima y algo a la derecha de la ventana del cuarto del bebé.

Desde la calle, más abajo, llegó el sonido de una campana. Nicole corrió muy emocionada.

—¡Es el señor de los cuchillos!

Entró en la casa a toda carrera, para poderlo ver mejor desde la puerta principal. A Nicole este señor le producía fascinación. Había empezado a circular por nuestra calle apenas este verano. Iba en una furgoneta chata que no tenía puertas y andaba lentamente haciendo sonar su campana, para ver si alguien quería afilar cuchillos.

Vanessa y yo seguimos a Nicole a la casa. Mi hermana abrió la puerta principal y se quedó mirando desde el porche. Era raro ver cuánto se alborotaba con el señor de los cuchillos. En un lado de la furgoneta había imágenes desvaídas de cuchillos, y un letrero pintado a mano con grandes letras torcidas, que decía *Afila os*, porque la *m* se había borrado por completo.

La furgoneta se deslizó hasta nosotros. No entendía cómo se ganaba la vida el señor porque jamás vi a una sola persona que lo parara o que fuera tras él con un cuchillo de cocina. Papá una vez lo detuvo, antes de que naciera el bebé, pero creo que fue más bien por darle el gusto a Nicole.

Mi hermana se había quedado con nosotros, en la banqueta, mientras la furgoneta se orilló y el señor se bajó, vestido de overol. Antes de eso, yo apenas lo había visto al pasar, sin darme cuenta de los detalles. Era un hombre mayor, tremendamente alto, un poco encorvado. Tenía los pómulos muy marcados y en lugar de pelo, una pelusa gris y áspera. Parecía como si sus huesos estuvieran destinados a un cuerpo aún más grande.

Papá había sacado su podadora del garaje, le dijo que las cuchillas habían perdido filo y le preguntó si podría afilarlas. El hombre se encogió de hombros, frunció los labios e hizo un sonido como *Eeeeeh*, que no supimos si indicaba afirmación o negación. Pero entonces fue hacia la parte trasera de la furgoneta, trajo un desarmador y sacó las cuchillas una por una.

Nicole observaba todo fascinada. El afilador le sonrió mientras quitaba las cuchillas, y después la dejó observar desde la parte de atrás de la furgoneta cómo las afilaba con su piedra.

No fue sino hasta el final, cuando estaba instalando de nuevo las cuchillas en la podadora, que vi sus manos. Eran grandes y con las articulaciones muy marcadas, pero sólo tenía cuatro dedos en cada mano y su forma era extraña. Estaban tan abiertos que más bien parecían tenazas.

Después, Nicole le dijo a Papá:

—Creo que no hace muy bien su trabajo.

—¿Qué quieres decir? —preguntó Papá.

—¡Se cortó sus propios dedos!

Papá se rio:

—No se los cortó, muñequita. Nació así. Una vez conocí a alguien que estaba igual.

—¡Ah! —exclamó Nicole.

—Pero eso no parecía dificultarle su trabajo, ¿cierto?

Papá pasó la podadora por el césped, haciendo volar trocitos de hojas y dejando una estela de hierba recortada.

—Mucho mejor —dijo.

Ahora, mientras Vanessa y yo mirábamos la furgoneta acercándose, Nicole imploró:

—¿Podemos traerle unos cuchillos para afilar?

—No sé si tus papás lo aprueben, Nicole —respondió Vanessa—. Tendríamos que preguntarles primero.

Nicole se desanimó:

—Está bien.

Al orillarse junto a nuestra casa, el señor afilador se inclinó sobre el timón para poder ver mejor hacia afuera.

Nicole lo saludó con la mano. El señor afilador devolvió el saludo, sonrió y se detuvo. A lo mejor no entendía que no teníamos nada para él hoy. No me pareció que entendiera mucho inglés. Me resultaba vagamente familiar pero no lo relacioné con nada bueno.

—¡Estamos bien, gracias! —dije.

—¡De acuerdo! ¡Gracias! ¡Bien! —dijo e hizo sonar su campana y siguió bajando por la calle.

Cuando volteó la esquina, me di cuenta de que había estado aguantando la respiración todo ese rato.

Esa noche, en la cena, Papá y Mamá apenas y pronunciaron palabra. Al volver del hospital se veían muy serios, y me dio miedo preguntarles si había sucedido algo. Nicole no se dio cuenta de nada. Entre bocados de puré de papa y deditos de pescado, nos contó cosas de los castillos y el metal y de su caballero preferido y sus habilidades. Su teléfono estaba debajo de su silla, como si estuviera esperando una llamada en el momento menos pensado.

—¿El señor Nadie te contó algún buen chiste hoy? —le preguntó Papá.

Nicole frunció el ceño y movió la cabeza de lado a lado:

—No, no estaba de ánimo para chistes.

—¡Ah! —contestó Papá.

—Hay un nido de avispas en nuestra casa —dije—. Bien arriba, bajo nuestro tejado.

—¿En serio? —preguntó Mamá.

—Vanessa y yo lo vimos. ¿No deberíamos llamar al exterminador o algo así?

Papá asintió.

—Sí, yo me encargo.

Mamá preguntó:

—¿Pediste la cita con el alergólogo para Steve?

—Mañana la pido —respondió Papá.

—¿Cómo está el bebé? —pregunté al fin.

—Tenemos cita con una especialista. Se supone que es muy buena. Una de las pocas personas que saben de estas cosas.

Y Nicole dijo:

—Y después, el bebé ya estará bien.

Papá sonrió:

—No estamos seguros, Nic, pero mañana ya sabremos más cosas.

—Yo también tenía una enfermedad cuando nací —dijo ella.

—No, no es cierto —contestó Papá.

—Pues sí, y me puse toda amarilla —dijo indignada.

Papá trató de disimular una carcajada:

—Ah, eso era ictericia, nada más. Ictericia neonatal. A muchos bebés les sucede, y se cura en unas cuantas semanas.

Mamá miró a Papá:

—Pero estábamos preocupados, ¿lo recuerdas? En ese momento, era cosa de preocuparse.

No me gustaba cuando se le asomaban las lágrimas. Me daba miedo, como si ya no fuera mi mamá sino algo frágil que se fuera a romper.

Después de comer, mientras Mamá bañaba a Nicole y yo le ayudaba a Papá a lavar los platos, me dijo:

—¿Y tú cómo vas, muchacho?

Me encogí de hombros:

—Bien.

—Las cosas han estado un poco agitadas por aquí.

—¿El bebé va a morirse? —pregunté.

Papá no estaba acomodando los platos nada bien en el lavavajillas, a pesar de que por lo general lo hacía con mucho cuidado.

—No, no creo. No hemos llegado a ese punto. Hay muchas cosas que… —calló en busca de las palabras adecuadas—, que no funcionan como se esperaría. Y parte de eso se puede curar con tratamiento. Pero una buena parte tiene que ver con el nivel de sus habilidades y con su desarrollo en el futuro. Y de eso dependerá que funcione bien o no tan bien.

—Que funcione bien o no tan bien —repetí. Sonaba más como algo que uno diría de una máquina, no de una persona.

—Ya lo sé. No son las palabras adecuadas.

Acomodé el refractario para que no ocupara la mitad del lavavajillas.

—¿Y nosotros? ¿Funcionamos bien?

Dejó escapar una risita.

—Se supone. Aunque hay días en que no parece que sea así, ¿cierto?

Me pregunté si se estaría refiriendo a mí, pues yo a veces sentía que no funcionaba muy bien.

—Es por algo que anda mal en su ADN, ¿verdad?

Me miró.

—Exactamente.

—Un problema congénito —agregué. Me sentí mejor de poder usar esas palabras. Como si poder nombrar las cosas me diera cierto poder sobre ellas.

—Exacto. Nació así. Al parecer, es un mal muy poco común. No hay muchos casos que se conozcan hasta el momento. Apenas hace dos años le pusieron nombre.

Estaba a punto de preguntar cuál era ese nombre, pero no lo hice. No supe bien por qué. Era una palabra que no me interesaba saber.

Más tarde, cuando me estaba acostando, Mamá me abrazó y me felicitó por ser tan fuerte.

—No soy fuerte —dije.

—Siento mucho que pasemos tanto tiempo fuera de casa. No va a ser siempre así…

No quería ver sus lágrimas otra vez, así que cambié de tema:

—Deberíamos hacer algo con ese nido de avispas. No quiero que me piquen otra vez. Y está demasiado cerca del cuarto del bebé —añadí, con la esperanza de que así se tomara el asunto más en serio.

—Vamos a hacer algo.

—¿Alguna vez has creído en los ángeles? —pregunté.

Sonrió:

—Tal vez cuando era niña.

—¿Y ahora no?

—No creo que ahora crea en ángeles, Steve. Parece una linda idea, pero no creo en ellos.

Antes de apagar la luz, repasé mis dos listas. Primero, leí la de las cosas por las cuales debo estar agradecido. Muchas veces me siento triste y desanimado, sin saber bien por qué, y pensé que ésa sería una buena manera de recordarme las cosas buenas de la vida. La lista ya había llegado a ser bastante larga, unas cuatro hojas que había arrancado de un cuaderno. A veces agregaba algo nuevo. Lo último que aparecía era *Nuestro bebé*.

La otra era la lista de personas a las que no quería que les pasara nada malo. No sabía bien a quién se lo pedía. A lo mejor a Dios, aunque no podía decir que creyera en él, y por eso no me atrevía a decir que rezaba. Era un poco como Nicole que pedía bendiciones para mucha gente antes de irse a dormir. Era mi deseo de que todas las personas que conocía estuvieran bien y sanas. Empezaba con Mamá y Papá y Nicole y el bebé, y luego nombraba a mis abuelos y mis tíos y primos, y a mis amigos Brendan y Sanjay. Si me confundía o me preocupaba haberme saltado a alguno, empezaba todo de nuevo, sólo para estar seguro.

Siempre terminaba con el bebé, para asegurarme de que no se me hubiera olvidado.

Después apagué la luz, me tapé hasta la cabeza, ajusté mi agujero para respirar y me dormí.

No pensé que las fuera a ver otra vez, pero esa noche volvieron. Estaba en la cueva bellamente iluminada, y esta vez veía con más nitidez. Las paredes me recordaban las persianas de papel de arroz que tenía Brendan en su habitación. Las paredes curvas de la cueva se elevaban sobre mí. Era agradable estar allí, como cuando a uno le da el sol a través de la ventana del auto aunque afuera sea un invierno helado.

Vi a los ángeles, por encima de mi cabeza, revoloteando por las paredes y el techo abovedado. El sonido de las alas llenaba el aire con un zumbido agradable. De repente, una se acercó mucho a mí y supe al instante que era la misma con la que había hablado antes.

—¡Hola otra vez! —dijo.

Pero no pude enfocar bien la vista en su cara. Era como cuando el oculista me dilató las pupilas y no lograba leer ni distinguir nada de cerca. Esta ángel parecía tan cercana que era apenas un borrón de luz. La veía en blanco y negro, y no me producía nada de miedo. La luz irradiaba su rostro. Sus ojos oscuros eran muy grandes y no se le veía nada parecido a unas orejas. La boca la tenía un poco ladeada, en una cara dividida en patrones geométricos.

—¿Cómo estás? —me preguntó.

Con cada palabra yo sentía una caricia, algo muy suave que me rozaba la mejilla, el cuello.

—Bien.

—¿Y tu familia? ¿Están ajustándose bien a la nueva situación? espero —era muy cortés.

—Eso creo —sentí que debía responder algo para continuar la conversación—. ¿Y cómo está usted?

—Ah, muy ocupada, como ves. Muy, muy ocupada, como siempre.

—No pensé que volvería a verla.

—Bueno, por supuesto que nos volverás a ver.

Me encantaba. Parecía amigable y sencilla, y yo nunca había sido muy bueno para hacer amigos. En la escuela, me pasaba la mayor parte de los recreos y la hora de comer leyendo. Hacía crucigramas. Me gustaban. Y no me agradaba la manera en que se hablaban los otros niños. Yo no era muy popular. Nunca lo había sido.

—Vinimos a ayudar, y aquí estaremos hasta que nuestra labor esté terminada.

—¿Van a arreglar al bebé? —dije, tanteando el terreno. Quería asegurarme de haber entendido bien la primera vez.

—Exactamente. Eso es lo que venimos a hacer.

Hubo una breve pausa y miré la hermosa cueva a mi alrededor. La luz en ella bastaba para hacerme sentir bien.

—¿Cuándo van a arreglar al bebé?

—Muy pronto, no te preocupes.

—Lo que no entiendo es… —no quería sonar grosero.

—Continúa —dijo ella amablemente.

—Bueno, ¿cómo van a hacer para arreglarlo?

¿Sería algún tipo de cirugía angelical? ¿Lo harían con hechizos o con medicinas verdaderas o tan sólo con frases llenas de poder? ¿Le darían las caricias como de gasa que yo sentía ahora?

—Bien, antes que nada, *arreglar* es una palabra extraña para usar en estas circunstancias, ¿no crees? —dijo.

Me reí junto con ella.

—Sí.

—Hablamos de arreglar algo que está dañado, un coche, un lavavajillas. ¡Pero estamos hablando de un ser humano! ¡La criatura más gloriosa y complicada del planeta! No es cuestión de llevarlo a reparar como si fuera un motor. Incluso en las mejores condiciones, es algo muy difícil.

—Estoy seguro.

—Y en este caso, casi imposible.

—¡Oh! —exclamé, sorprendido. Por primera vez me di cuenta de que estaba de pie en una especie de saliente fibroso y, si miraba hacia abajo, veía que la cueva continuaba en esa dirección y se iba contrayendo en un círculo de luz brillante. Se percibía mucho aleteo allá abajo, pero la luz era enceguecedora. Prefería la que llegaba filtrada por las paredes en la parte superior.

—No entiendo —respondí—. Dijiste que podrían arreglar al bebé.

—*Arreglar*, *reparar*… son tan sólo palabras. No nos fijemos tanto en ellas. Lo importante es que tu bebé estará perfectamente sano y rozagante.

Asentí.

—Está bien.

—No es algo que pueda componerse con un poco de hilo y cinta adhesiva. No, no. Hay que hacerlo bien. Tenemos que buscar el origen de las cosas, bien dentro. Ésa es la manera adecuada de hacerlo, y no a medias.

—O sea que ¿van a meterse hasta su ADN? —pregunté, dudando de si comprendía lo que había dicho, pero queriendo sonar como alguien enterado y, tal vez, llegar a impresionarla.

—ADN, ¡mira qué inteligente eres! Pues sí, qué bien que nos estamos entendiendo. E iremos aún más a fondo, porque eso es lo que marcará la más increíble diferencia.

—Entonces, ¿sí pueden lograr un bebé sano? —pregunté aliviado.

—Por supuesto que sí, pero debes tener cuidado —su voz se suavizó, como si me estuviera contando algo confidencial—. Puede ser que haya personas que quieran evitar que lo logremos.

—¿Y quién querría evitarlo? —pregunté sin poderlo creer.

—Normalmente no los ves, pero sabes que están ahí.

Al instante pensé en esa presencia de mis pesadillas, amenazante, al pie de mi cama en la oscuridad, y cómo hacía unas pocas noches los ángeles habían venido y lo habían dispersado como si fuera neblina.

Cuando me desperté, ya había amanecido y me sentí realmente feliz. Pero después, al desperezarme un poco más, me di cuenta de que todo aquello había sido tan sólo un sueño. No había ángeles que fueran a componer al bebé.

En la tarde, Vanessa llegó con una gran bolsa de plástico en la que había trozos de un viejo avispero. Los dispuso en la mesa de la cocina para mostrárnoslos. Nicole llegó allá de inmediato, para tocar todo. Yo no me acerqué mucho. De sólo ver todo eso, me daban ganas de ir a lavarme las manos.

—¿Y se supone que esto me ayudará a perderles el miedo? —pregunté.

Vanessa se encogió de hombros.

—Lo pedí prestado en el laboratorio. Pensé que les interesaría.

Dentro de los trozos había filas y filas de pequeñas celdas hexagonales.

—¡Es como un panal de abejas! —dijo Nicole.

—Exacto —dijo Vanessa— y todo comienza con la avispa reina. Ella es quien empieza a construir el avispero. A veces lo hace bajo tierra, a veces en un árbol, o colgando de una rama, o bajo un alero como el suyo.

—¿Y cómo lo hace? —quiso saber Nicole.

—Todo empieza con un poquito de fibra de madera y saliva que la reina regurgita para ir formando una especie de tallo hacia abajo, que luego se abre en un tipo de sombrilla, y en su interior, pequeñas habitaciones con paredes de papel como éstas que ven aquí. Entonces la reina deposita un huevo en cada uno...

—Y esos huevos se transforman en avispas bebés —dijo Nicole.

—Sí, más o menos. Se transforman pero no directamente —era como una profesora, con esa forma de hablar tan calmada. Eso me irritaba, pero lo que estaba diciendo en realidad sí era de mucho interés para mí también—. El huevo se convierte en una cosa llamada larva.

Nicole entrecerró los ojos muy seria.

—¿Qué es eso?

—Es una especie de gusano blanco que no tiene pinta de nada. Tiene una boca y un par de manchas oscuras que son los ojos, y no hace más que comer y comer.

—¿Y qué come? —Nicole tenía curiosidad de saber.

—¡Qué bien que lo preguntes! —dijo, y se veía de veras contenta—. Más que nada, insectos muertos. La avispa reina puede ir por ahí a arrancarle la cabeza de un mordisco a un abejorro y llevarse el bicho decapitado de vuelta a casa. Las avispas pueden vencer a insectos más grandes que ellas.

—Vimos una con esa araña inmensa, ¿te acuerdas? —le dije a Vanessa.

—¡Guau! —dijo Nicole impresionada.

—Entonces, la larva crece y crece, y se encierra dentro de su celda con una especie de seda. Ya no vuelve a comer y deja de ser una larva.

—Se convierte en una crisálida —dije, acordándome de mi clase de biología. Quería demostrarle a Nicole que Vanessa no era la única que sabía cosas interesantes.

—Ajá —dijo Vanessa—, y a pesar de que la crisálida no se alimenta, sí está cambiando por dentro. Se transforma. Y cuando está lista, rompe la pared de seda de su celda y sale de allí, convertida en una avispa obrera adulta.

Esa última parte la representó muy bien, fingiendo ser una avispa gigante que se abre paso por una estrecha abertura con sus manos trabajando como un par de mandíbulas hambrientas.

—¡Increíble! —dijo Nicole mientras observaba las celdas en el avispero—. Debe de haber muchísimos de estos bichos.

—Sí, pero todas son niñas —aclaró Vanessa.

Nicole parecía fascinada.

—¿En serio?

—Sí, todas son hembras. Y entonces empiezan a agrandar el nido o avispero y a alimentar a las nuevas larvas.

—Con más bichos muertos —dijo Nicole.

—Sí, aunque las adultas sólo comen néctar. Y polinizan las plantas al alimentarse. No sólo las abejas lo hacen. Las avispas también son importantes. Nuestro planeta las necesita.

—¿Y qué hace la reina entonces? —pregunté—. Cuando todas están trabajando para ella.

—La reina se limita a poner más huevos, y ya.

—¿Y todas se van a convertir en reinas? —preguntó Nicole.

Vanessa negó con la cabeza:

—Éstas, las obreras, son estériles.

—¿Y eso qué es?

—Que no pueden tener bebés. Pero al final del verano, cuando el avispero está terminado, la reina deposita sus últimos huevos. Produce algunos machos y hembras que no son estériles, y esas hembras se convierten en nuevas reinas que empezarán a construir sus nidos el año siguiente.

Al fin me decidí a tocar un trozo de nido. La sensación era como rozar algo seco y quebradizo.

—¡Qué feo!

Vanessa se encogió de hombros.

—No sé. A mí me parece más bien hermoso. Todos los seres vivos construyen nidos. Las aves para sus huevos. Las ardillas y los osos construyen sus madrigueras para hibernar, los conejos excavan las suyas en la tierra.

—Nosotros no hacemos nidos —respondió Nicole riéndose.

—Claro que lo hacemos. Las casas que habitamos no son más que grandes nidos. Un lugar en el que podemos dormir y estar a salvo, y crecer.

Vino directamente a la puerta.

Yo estaba solo. Papá y Mamá habían llevado al bebé con el especialista, y Vanessa se había ido temprano para dejar a Nicole en casa de una amiguita, a dos cuadras de la nuestra. Se suponía que yo debía recogerla dos horas más tarde.

Estaba leyendo en mi habitación cuando oí esa campanilla que parecía tan fuera de lugar en una calle de ciudad. Traté de volver a mi libro. Era uno que me encantaba y que leía a veces cuando buscaba algo divertido para escaparme, pero no conseguía concentrarme. Oí el vago rumor de la furgoneta del afilador que se acercaba y las campanadas, cada vez más fuertes.

Mi ventana daba a la calle, pero no quise levantarme a mirar. Me quedé en mi cama, con el libro convertido en una masa de palabras incomprensibles. Otra campanada y supe que la camioneta estaba justo frente a la casa. Esperé a que los ruidos del motor se fueran perdiendo a lo lejos, pero a la siguiente campanada me di cuenta de que no se había movido. El motor seguía sonando, quieto. Esperé. A lo mejor alguien al otro lado de la calle le había pedido afilar algo. Sentí que había una sombra en mi cuarto, haciéndose más densa.

Cuando oí los golpes en la puerta, mi cuerpo se sacudió. No era un golpe cortés. Teníamos un aldabón metálico a la antigua, y cayó sobre la lámina tres, cuatro, cinco veces.

Me quedé muy quieto. Tomé aire vacilando, hasta llenarme el estómago, y traté de retenerlo allí mientras contaba uno, dos, tres, cuatro, pero no llegué más allá. Necesitaba más aire.

¡Bang! ¡Bang!

Un miedo semejante al de las pesadillas me recorrió. Hubiera querido que el piso se abriera y mi cama descendiera, para luego quedar a salvo bajo el piso.

Jadeé y me bajé de la cama. Me arrastré hasta la ventana y me levanté para quedar hincado. Asomé la cabeza por encima del borde. Vi las casas del otro lado, un cartero que iba de puerta en puerta. Cuando levanté más la cabeza, vi la calle y luego la camioneta frente a nuestra casa. Un poco más arriba y vi nuestro jardín delantero y el caminito que llevaba hasta la puerta principal. No había nadie en la cabina de la camioneta.

Definitivamente el afilador estaba frente a nuestra puerta, y la estaba golpeando.

El vecino de al lado, Mikhael, cortaba el césped de su jardín, pero tenía audífonos y parecía que no había visto al afilador. Unos pocos autos pasaban por la calle.

¡Bang! ¡Bang! ¡Bang!

El ruido hizo correr electricidad roja por mi cabeza. Paralizado, miré por la ventana y al fin vi al afilador que regresaba a su furgoneta. Con los ojos asomando apenas por el borde de la ventana lo seguí. A medio camino se dio la vuelta repentinamente y me miró a los ojos. A mis ojos, en la ventana de mi cuarto, como si hubiera sabido todo el tiempo que yo estaba allí.

Con una de sus contrahechas manos apuntó hacia su furgoneta. Con la otra, levantó un cuchillo y lo volteó para uno y otro lado de manera que reflejara la luz del sol. No era un cuchillo de cocina común y corriente. Era más grande y tenía la hoja extrañamente curva. El hombre se encogió de hombros como preguntando algo.

Desesperado, miré al vecino. Seguía empujando su podadora, frente a nuestra casa. ¡Debía estar viendo al afilador también! ¿Por qué no llamaba a la policía? A lo mejor había decidido que más valía no hacerle mucho caso a un viejo loco con un enorme cuchillo.

El afilador empezó a caminar de vuelta a la casa, y lo perdí de vista cuando se metió al porche. Me agaché contra el radiador, con el frío metal en contacto con mi mejilla. El corazón me latía tan fuerte que temí desmayarme. Si volvía a golpear a la puerta, huiría por la puerta de atrás y saltaría la cerca para escaparme por la otra calle.

Pero unos instantes después oí el motor de la furgoneta que se alejaba, y escuché nuevamente el sonido de la campanilla, cada vez más distante. Pronto dejé de percibirlo.

Bajé las escaleras con las rodillas como de gelatina. Con cautela me asomé por la ventana alta y estrecha que hay junto a la puerta principal. En el piso del porche estaba el extraño y enorme cuchillo curvo.

—Es muy raro —dijo Papá al mirar el filo. Yo lo había metido y guardado en una vieja caja de zapatos. A pesar de su tamaño, era bastante ligero. El mango tenía la forma adecuada y... y parecía hecho a la medida de mi mano. No hacía falta tocar la hoja para saber lo afilada que estaba.

—¿Por qué lo iba a dejar así nada más? —pregunté.

—A lo mejor lo dejó como muestra —dijo Papá—. Para que veamos lo bueno que es en su oficio. No sé... Parece de otra época...

—¿Crees que deberíamos llamar a la policía? —preguntó Mamá.

Estábamos en la cocina. Nicole veía el televisor. El bebé se había quedado dormido en el regreso a casa y estaba en la sillita del coche, que habían acomodado en la sala.

Papá hizo una mueca y resopló.

—No es más que un viejo raro...

—¡Pero no dejaba de golpear la puerta! —exclamé.

—Probablemente esperaba que le diéramos más trabajo. No creo que esté ganando mucho dinero. Hablé con los Howland sobre este afilador, ya sabes, los

que viven en el 27, y me miraron como si estuviera chiflado. Dijeron que jamás habían visto al hombre. Me parece que este verano ha pasado por nuestra calle prácticamente todas las semanas.

—Bueno, pues a mí me hizo pasar un buen susto —añadí.

Mamá apoyó su mano cálida en mi nuca.

—Debe haber sido escalofriante.

—Era esa manera de golpear y golpear sin parar.

—Voy a guardar esto en un lugar seguro —dijo Papá—. Está muy afilado. No te metas con él, ¿de acuerdo, Steve? La próxima vez que vea al afilador, se lo devolveré y le pediré que no vuelva a llamar en nuestra casa —me miró con una sonrisa comprensiva—. Estoy seguro de que el señor es inofensivo, pero hiciste bien al no abrir la puerta.

No supe cómo explicarles a mis papás que el afilador me resultaba familiar. Era como una pesadilla conocida. De repente, me acordé de lo que había dicho la ángel de mi sueño, que algunas personas podrían tratar de impedir que arreglaran al bebé.

Y pensé: ¿Qué tal *si regresa por su cuchillo*?

Las paredes luminosas. El zumbido de la música. El brillo de las alas, y la ángel que viene a acogerme de inmediato.

—Hola, hola —dijo alegremente—. Me da muchísimo gusto verte de nuevo por aquí.

Por la manera en que lo decía, daba a entender que yo tenía la opción de no venir.

—Cierro los ojos y aquí estoy —le dije.

Me gustaba cómo rozaba mi rostro cuando me hablaba, y ahora la podía ver con más claridad. Sus grandes ojos eran verdaderamente enormes, sin pupilas ni iris. La negrura total. Y en el centro de su frente parecía haber un punto oscuro más pequeño, como una especie de tercer ojo, aunque no estaba seguro de que lo fuera. De la parte superior de la cabeza brotaban dos gruesos filamentos de luz, como unos bigotes de gato luminosos y flexibles, y con uno de ellos me rozaba la cara al hablarme, como si fuera una especie de puente que nos permitiera comunicarnos.

—Bueno, siempre hay opciones —dijo—. Siempre hay opciones. ¿Cómo va todo?

—Ahí va.

—Ésa no es una respuesta muy clara. Puedes decirme algo menos vago, ya que eres un niño listo. ¿Cómo está tu familia? ¿Tu hermanita? ¿El bebé?

—Todavía está enfermo, pero creen que una operación podría ayudar. Consultaron a un especialista. Hay que operarlo del corazón.

—Ya veo.

Una parte de mí estaba muy consciente de que todo esto era un sueño, así que me sentía más audaz que de costumbre.

—¿Cuándo van a hacer que el bebé esté bien?

—Ay, mi niño, en eso estamos, precisamente. Trabajamos en eso las veinticuatro horas. Aquí no hay holgazanes.

—¿De verdad? ¿Y cómo lo hacen?

—Mientras estamos aquí hablando tú y yo, lo estamos cuidando y alimentando y dejándolo crecer. ¡Va a ser un bebé tan sano! Aún es muy pequeño pero desde ahora te puedo decir que será una verdadera belleza.

Sonreí y pensé en esos ruiditos de dinosaurio que hacía.

—Ya logra verse muy tierno a veces.

—Pues aguarda a que lo veas bien. Espera a que lo veas en su cuna.

No comprendí.

—Pero si ya está en su cuna.

—No, el nuevo bebé.

Fruncí el ceño.

—¿Qué quiere decir eso del *nuevo bebé*?

Por un instante, el zumbido musical en la cueva calló, las alas plateadas se detuvieron.

—Ya hablamos de todo esto —dijo—. Así es como lo vamos a arreglar. Vamos a sustituirlo con otro bebé.

A sustituirlo. En la cueva luminosa seguía el silencio, como si todos esos ángeles estuvieran a la espera de mi respuesta.

—Pero yo no... eso no fue lo que yo... —no lograba terminar la frase.

—Ay, Steven, Steven, no te preocupes. Lamento mucho si no te lo expliqué bien desde el principio. Es mi culpa. Perdóname. No habrá ningún contratiempo. Un día, que no está muy lejano, aunque ya sé que cuando uno espera algo con ansiedad el tiempo parece eterno, un día te despertarás y el bebé adecuado estará allí, eso es todo.

—Pero... ¿y adónde irá nuestro bebé?

—El nuevo bebé será su bebé.

Empecé a negar con la cabeza.

—Y... ¿y el bebé actual?

Inclinó la cabeza hacia un lado.

—Me temo que no entiendo tu pregunta.

—Este bebé, el que tenemos aquí y ahora, ¿ya no estará más?

—¿Y qué sentido tendría si no? Lo llamarán con el mismo nombre, claro. Será idéntico. Nadie fuera de nosotros lo sabrá.

—¿Y de dónde vendrá este bebé nuevo?

—Pues lo estamos haciendo precisamente ahora, ¿cierto? Aquí en nuestro nido, en el alero de tu casa.

*M*e desperté con el corazón acelerado. Tenía un mal sabor de boca. Por un instante me pareció que iba a vomitar. Mi frente y mi cuello estaban cubiertos de gotitas de sudor. Tomé aire a través de mi agujero de respiración, traté de inhalar como me había enseñado el doctor Brown el año anterior, pensando en mi estómago como un enorme globo que llenaba, y luego exhalé mientras contaba lentamente hasta cuatro.

Todavía me estaba fundiendo del calor. Me quité las cobijas de encima y sentí alivio al ver que ya había amanecido. Sabía que no podría ya dormir, y tampoco quería hacerlo, así que me puse un par de jeans y una camiseta, y salí al jardín trasero. Era temprano y estaba todavía fresco, aunque ya se alcanzaba a percibir el calor agazapado en la tierra y el aire, a la espera de saltar sobre todo.

Rodeé la casa y fui a ver el nido de avispas. A la luz del amanecer, parecía un pedazo gigante de fruta marchita. Sin duda estaba más grande que antes.

Sin ningún problema podía alojar a un bebé.

Si el bebé estaba todo encogidito como en esos ultrasonidos de bebés en la panza de su mamá.

Y entonces mi corazón se desbocó acelerado, porque me preocupó que me estuviera volviendo loco.

Un bebé formándose en un avispero.

El resto de la mañana me sentí como sonámbulo. Vanessa nos preparó sándwiches, y Nicole quiso comer afuera, así que sacamos nuestros platos a la mesa del jardín. Comí tan rápido como pude, antes de que las avispas llegaran y empezaran a molestarnos, pero la salsa cátsup de Nicole las atrajo pronto. Ella todavía le ponía cátsup a todo... a un sándwich de queso, a los deditos de pescado, a unos palitos de zanahoria. Y las avispas se enloquecían con esa sustancia roja y viscosa en su plato. Las avispas comunes no hacían más que dejarse caer sobre la salsa, y luego aparecieron unas de las de color más claro, y persiguieron a las comunes, de franjas amarillas. Dos aterrizaron justo en el plato de Nicole, y a ella pareció no importarle.

Pero de repente me enfurecieron. Las espanté con la mano. Revolotearon alrededor. Una se alejó pero la otra se posó de regreso en la mesa. Tomé mi vaso vacío y lo levanté lo suficiente como para aplastar a la avispa en su sitio.

—¡Espera! —dijo Vanessa, y me quitó el vaso, le dio la vuelta, y atrapó a la avispa con él.

—¿Y qué se supone que vas a hacer ahora? —le reproché enojado—. Volverá a la carga cuando la dejes salir.

En el interior del vaso, la avispa molesta se lanzaba contra las paredes de vidrio.

—No la voy a dejar ir —respondió—. Se la quiero mostrar a mi profesora, pues quizás ella sepa de qué tipo es.

Vanessa encontró una caja de margarina ya vacía en nuestro bote de basura para reciclar, abrió unos agujeros en la tapa con la punta de un cuchillo y con mucha habilidad hizo pasar la avispa desde el vaso hasta la caja, para taparla muy bien después.

—Ya está —dijo.

No quería soñar lo mismo de nuevo. Me preocupaba que significara el comienzo de mi locura. Pero esa noche terminé en la cueva luminosa sin poderlo evitar.

No se veía tanta luz traspasando las paredes ahora, parecían más gruesas, más fibrosas. Cuando miré hacia abajo desde mi escalón, vi que la cueva se estrechaba hacia abajo y que el círculo luminoso en el centro era más pequeño que la vez pasada.

No quería estar allí. Traté de forzarme a despertar. Me dije que era un sueño y que ya me había aburrido de él y quería dejarlo atrás, pero eso no me llevó a ninguna parte. Me di la vuelta. Detrás de mí, en la rígida pared de papel había un túnel lo suficientemente amplio como para gatear por él, pero antes de poderme inclinar para ver en su interior, sentí un filamento suave que me acariciaba la cabeza. A pesar de todo, me relajé. Un soplo de aire entró en mis pulmones. Mis hombros cayeron. Giré para encontrarme con la reina.

—Quedaste molesto después de nuestra última conversación —dijo—. Has estado molesto todo el día.

—Ustedes no son ángeles, son simples avispas —respondí.

—Bueno, yo prefiero que me consideres una ángel, pero avispa está bien si te parece más adecuado. Los nombres no son más que nombres. A fin de cuentas no dicen nada en particular.

No entendí qué quería decir con eso. Era como algo en un libro escolar que yo no era suficientemente listo para comprender. La miré más de cerca. Incluso en esa media luz, conseguía ver su rostro con más claridad, y era obvio que correspondía a una avispa. Lo que yo había interpretado como una nariz plateada no era sino un rombo pigmentado. En cuanto a la boca ladeada, me había equivocado por completo. Era una abertura vertical entre un par de mandíbulas. Mientras las observaba, se abrieron un poco en diagonal, cual pinzas. Tenían unos bordes muy afilados.

Aunque parezca increíble, no me asustaba para nada. Yo era alérgico y estaba frente a una avispa de mayor tamaño que yo mismo, pero instintivamente percibía que ella no quería hacerme daño. Además, esto no era más que un sueño, ¿no?

Miré hacia la parte superior de su cabeza peluda, a la antena serpenteante que nos servía de puente.

—Gracias a esto podemos hablar, ¿cierto? —pregunté—. Me toca con ella y así podemos comprendernos.

—En parte sí, pero también se debe a que te piqué.

Mi cuerpo recordó, con una sacudida de náusea.

—¿Fue usted?

—Efectivamente. Necesitaba algo de ti en mí, y algo de mí en ti. Era contigo con quien quería hablar.

—¿Por qué?

—Los jóvenes tienen la mente mucho más abierta. Su cerebro sigue siendo tan maravillosamente sincero y tolerante y dúctil.

—Pero soy alérgico, ¿sabes?

—Mis disculpas.

—Entonces, ¿son ustedes las que tienen el nido arriba en el tejado de mi casa?

—Ése es mi nido, sí.

—¡Usted es la reina!

—Ésa soy yo —confirmó, con un dejo de orgullo en la voz.

—¿Y dónde estoy ahora? —pregunté, mirando alrededor—. Éste es el nido, el avispero, ¿cierto?

—Aciertas de nuevo.

—¿Es un lugar real? Pensé que...

—¿Qué pensaste?

—Que todo era un sueño.

—Lo es, pero también es real.

No me parecía que eso tuviera mucha lógica.

—¿Y cómo es que quepo dentro?

—En tus sueños, puedes adaptarte a cualquier espacio —dijo, como si fuera la cosa más obvia del mundo—. Fuera del nido eres grande. Dentro, eres pequeño.

El alivio se mezcló con perplejidad. No me estaba volviendo loco. Estos sueños no eran sólo cosa de la imaginación. De alguna manera estaban adheridos al mundo real, igual que el nido estaba sobre nuestro tejado.

—Somos tan reales como tú —dijo la reina— y como la obrera que mataste hoy.

—¿Qué? No, yo no... Nuestra niñera atrapó una con un vaso —parpadeé.

—Y se llevó a mi obrera a alguna parte y allí la mató para estudiarla.

—¿Cómo lo sabes?

—No me parece que eso sea muy cortés, ¿tú qué opinas?

—Vanessa dijo que su profesora querría estudiarla.

—¡Tenemos sentimientos y aspiraciones! No somos simples bichos.

—¿Qué son exactamente?

No hizo caso.

—Mis obreras viven sólo cuatro semanas. Están entregando su vida por este bebé. ¡Tu bebé! Podrías ser más considerado.

—Yo no pedí que ustedes vinieran.

—Hay algo llamado modales. Supón que fueras tan tranquilo por ahí cuando de repente alguien te rocía con un gas que te mata.

—¿Gas? ¿A qué se refiere?

—Eso fue lo que tu niñera le hizo a mi obrera. La metió en un pequeño contenedor y la envenenó con un gas.

Sonaba espantoso.

—Lo lamento.

—Espero que sea verdad.

—No sabía de esto.

—Es una especie de asesinato.

—De verdad, lo siento mucho, pero no fui yo.

—Está bien. Tampoco era tan importante esa obrera —dejó escapar una risita—. Son prácticamente intercambiables. Miles y miles de ellas hacen el trabajo pesado. En todo caso... —agregó alegremente—, que no vuelva a ocurrir, ¿estamos?

Me hizo sentir que todavía éramos amigos, como si automáticamente yo formara parte de su equipo.

—No es bueno para la moral del grupo —dijo—. A propósito, ¿cómo anda la tuya?

—Ahí vamos —respondí cauteloso. No sabía bien si debía seguir hablando con ella o no.

—¿Ahí vamos?

—Sí, ahí vamos.

—Bueno, bueno, tenemos que cambiar eso, ¿no? Nos ocuparemos de eso.

—No entiendo bien lo que están planeando —le dije.

—Claro que sí. Eres un chico listo.

—Todo este asunto del bebé que ustedes están haciendo...

—¡Exacto! Es nuestro regalo para ti. A todos les encantan los regalos.

—Sí, pero...

—Y a todos les gusta que les agradezcan un regalo.

No respondí.

—Bueno, ya nos agradecerás más adelante.

—No entiendo nada —exclamé—, pero no quiero que se metan con el bebé.

—Aún no has visto al bebé —replicó—. Apenas hoy terminamos el nido.

Miré alrededor. Este lugar no se parecía en nada a los trozos de avispero que Vanessa nos había mostrado hacía unos días.

—Pensé que los nidos de avispas tenían hileras e hileras de pequeñas celdas.

—Bueno, éste es diferente. Tiene una sola celda, para un solo huevo. Este nido enterito será para el nuevo bebé. Eso es lo único que va a crecer aquí dentro. Mira: el huevo acaba de abrirse. ¿Ves eso allá arriba?

Levanté la vista y, en la sombra de la parte más alta de la cueva, vi una especie de gota blancuzca.

Me esforcé por mirar mejor.

—No puedo…

—Te llevaré hasta allá. Sujétate bien.

Antes de que pudiera resistirme, sus antenas me envolvieron para levantarme y sentarme sobre su cabeza. Con las alas zumbando, alzó el vuelo desde el saliente. Por instinto, cerré fuerte los ojos aun sabiendo que estaba dormido, y me preparé para esa horrible sensación de caída como de parque de diversiones. Pero no, no caí sino que ascendí. Mi temor se esfumó, abrí los ojos y quise gritar de dicha. Tras unos segundos, llegamos a la parte más alta del nido. Adherida al techo había una criatura pegajosa semejante a una babosa.

—Ahí está nuestro chiquitín —dijo la reina con orgullo.

Era viscosa, con dos puntos en un extremo de su cuerpo sin forma. Bajo los ojos tenía una especie de agujero, y estaba comiendo por él. A su alrededor, pegados al techo, había insectos... una araña muerta, abejas descabezadas y otros restos que no logré reconocer, pero había un trozo de algo rojo que parecía tener pelo.

—Es muy desagradable.

—No, es tan sólo una larva. Apenas está comenzando.

—No quiero verla.

Por primera vez, la voz de la reina fue dura. Se oyó acompañada de chasquidos, como uñas que tamborilearan unas sobre otras, y me di cuenta de que eran sus mandíbulas que se abrían y cerraban.

—¡Debería darte vergüenza! No debemos juzgar las cosas por su apariencia. Supongo que tú tampoco te veías muy bonito cuando te acababan de concebir y empezabas a crecer en el útero de tu mamá.

Yo seguía sostenido por sus antenas, flotando en el aire, alrededor de la larva.

—Quiero que se detengan —dije.

—¿Qué locuras estás proponiendo? —respondió, chasqueando enojada sus mandíbulas—. ¿Que le hagamos daño al bebé?

—¡Quiero que todo esto se detenga! —repetí.

—Bueno, eso es imposible porque ya empezó.

—Me estoy despertando.

—Si tú lo dices —dijo la reina, y sus antenas me liberaron y me sacudió de encima de su cabeza.

Caí, en medio de una oleada de pánico, alejándome de la larva de bebé, hacia abajo en el nido. Me desperté con una sacudida, en mi cama. Mi cobija estaba en el piso, como si alguien me la hubiera arrancado.

—Esa avispa que capturaste ayer… —le dije a Vanessa cuando llegó en la mañana.

Se le iluminaron los ojos de entusiasmo.

—Iba a contarles.

—¿La mataste?

—¡Oh! —pareció sorprendida por mi pregunta. Su ropa olía más intensamente a moho que de costumbre—. Pues sí, en un frasco letal. Así es como obtenemos nuestros especímenes de estudio, Steven. Los ponemos en un frasco que contiene un poquito de acetato de etilo, que es como quitaesmalte de uñas, y las noquea.

—Las mata.

Asintió, mirándome vacilante.

—¿Te incomoda? Pensé que…

—Que yo odiaba las avispas. Sí, las odio —no era por el hecho de que la hubiera matado, sino que yo ya lo supiera porque la avispa de mis sueños, la reina, me lo había contado.

—¿Estás bien? —preguntó.

—Ajá. Entonces… ¿qué tipo de avispa era?

Su cara se llenó de entusiasmo otra vez.

—Aún no lo sé. Mi profesora no estaba. Se la mostré a otras personas en el laboratorio y no lograron identificarla. Dije que a lo mejor era algún tipo de avispa albina, pero nadie había oído que existiera algo así, así que…

Sentí en la parte alta de la espalda el cosquilleo eléctrico que conocía tan bien, amenazando con extenderse por mis brazos.

—¿En serio?

Asintió.

—Y entre más la miraba, más me parecía que hay algo raro con respecto a su estructura.

—¿Su cuerpo?

—Sí —frunció el entrecejo—. Las proporciones de cabeza, tórax y abdomen, y algunas de las estructuras conectivas no son como las del resto de las avispas.

Durante un instante dejé de oírla, porque los latidos de mi corazón me llegaban hasta los oídos, y sentí con fuerza el calor del día en mi rostro.

—… puede que ni siquiera sea una avispa —dijo Vanessa.

—¿Qué podría ser entonces? —pregunté, y supongo que me oí aterrado porque ella me miró extrañada de nuevo.

—Bueno, ya veremos qué dice mi profesora.

—El doctor dijo que era una avispa, dijo que yo tenía un piquete de avispa —añadí.

—Pero hay muchos animales que pican. Y yo no soy más que una estudiante, Steven. No sé mucho de insectos. Podría ser una especie nueva, o una variante que no se había registrado aquí antes. Ya veremos.

*L*a escalera grande estaba en el garaje. Papá la usaba para limpiar las canaletas al final del otoño. Era bastante ligera, así que no me costó mucho llevarla hasta un costado de la casa. La abrí y fijé los goznes para mantenerla. Sólo la había usado una vez antes, y eso había sido con Papá al pie, sosteniéndola.

La coloqué junto a la pared, de manera que quedó justo debajo del nido. No llegaba hasta arriba, quedaba un largo trecho todavía. Por eso llevé la escoba. Suponía que desde el tope de la escalera podría alcanzar el nido con la escoba y derribarlo. Caería al suelo y se haría pedazos. Las avispas saldrían volando, pero yo planeaba bajarme de la escalera tan rápido como pudiera y correr a refugiarme adentro. Tenía mi jeringa de epinefrina en el bolsillo, por si acaso.

Estaba solo en casa. Vanessa se había llevado a Nicole y al bebé a tomar un helado y después al parque.

Yo había dicho que quería quedarme a leer. Este verano me había quedado mucho en casa. No teníamos planes de vacaciones, por el bebé, y mi curso de verano empezaba hasta agosto. Mis amigos Brendan y Sanjay quién sabe dónde estaban.

Comencé a subir por la escalera. Luego de unos cuantos escalones sentí que se tambaleaba un poco, pero seguía siendo bastante estable. Era curioso que yo le temiera a tantas cosas y no a las alturas. A pesar de que sí tenía pesadillas en las que aparecía sentado en lo alto de postes muy delgados o sobre filos como de cuchillo, me gustaba treparme a los árboles y subir en elevadores panorámicos, e incluso pararme en la zona de piso de vidrio de la altísima Torre Nacional de Canadá.

Llevaba una camisa de manga larga con capucha, y me la había atado bien para dejar apenas un círculo por donde asomar ojos y nariz. A medida que fui subiendo, la escalera tambaleaba y chasqueaba. Con la mano izquierda me agarraba a un costado de la escalera, y en la derecha sostenía la escoba. Me mantenía atento a las avispas que volaban por encima de mi cabeza, saliendo y entrando del nido.

A cada escalón, iba enojándome más. Mis papás ni siquiera podían hacerse cargo de este asunto. Yo era alérgico a las avispas, pero ellos estaban demasiado ocupados. Estaban ocupados con el bebé y así sería durante el resto de sus vidas, de manera que esto tenía que hacerlo yo. No sabía si éstas eran las avispas de mi sueño pero las quería lejos de mi casa. Lejos de mis sueños. El nido tenía que caer.

No llegué hasta el final de la escalera, sino dos peldaños antes, para tener algo de qué agarrarme. Con la escoba traté de llegar tan alto como pude, pero no alcazaba ni a rozar el avispero. Subí un escalón más. Ahora tenía que agacharme para sostenerme del punto más alto de la escalera. La escoba llegó más cerca, sus cerdas a duras penas alcanzaban la parte baja del avispero. Sabía que no tenía mucho tiempo. Cada vez había más avispas girando alrededor del nido.

Estaba un poco a la derecha de la ventana del cuarto del bebé y había un saliente de piedra del que me agarré con la mano izquierda. Subí al último escalón. La escalera se balanceó pero terminó por estabilizarse. Mi pecho se apoyó contra la pared de ladrillo y percibí los latidos irregulares de mi corazón, pero la superficie sólida junto a mí me hizo sentir más seguro. Levanté la cara hacia lo alto y alcé la escoba lentamente, estirándome hacia el nido. No sabía qué tan fuerte podría golpearlo sin perder el equilibrio.

Al primer escobazo, apenas rocé la parte baja del nido. La escoba siguió de largo. Con esfuerzo, la recuperé y volví a intentarlo. Esta vez el impacto fue más fuerte, y vi que caían trocitos de nido, como de papel.

Las avispas se acercaron. De prisa salieron del fondo del nido y revolotearon alrededor de las cerdas de la escoba. La tomé por el extremo del mango y estaba alistándome para golpear justo hacia arriba cuando de repente noté una avispa solitaria posada en mi mano izquierda, y luego una segunda avispa en los nudillos de mi mano derecha. Me paralicé.

Otra se posó en el círculo de piel expuesta en mi rostro. Pude percibir sus patas diminutas, el peso de su cuerpo. No grité. No pude. Todos los instintos que me hubieran impulsado a manotear se habían paralizado. Me aterraba que fueran a picarme, pero no lo hacían. Se quedaban quietas. Se posaban en la escoba, y venían hacia mí.

Solté la escoba. Cayó al suelo haciendo ruido, al lado de la escalera. Las avispas remontaron el vuelo y vinieron hacia mí, a posarse en mi ropa, en mis manos, en mi cara, donde se quedaron inmóviles. Quise sacar mi epinefrina del bolsillo, pero temí que me picaran si llegaba a moverme. Veía las de mi rostro como borrones vagos, pero sabía que estaban allí, quietas, tanteando atentamente con sus antenas, observándome con sus ojos compuestos, oliéndome.

Bajé un escalón. Algunas de las avispas dejaron mis manos. Otro escalón. Unas cuantas se retiraron de mi frente. Paso a paso fui bajando y más se alejaron. Para cuando pisé el suelo, ya no tenía ninguna.

Miré hacia lo alto y vi a la última desaparecer en el interior del nido.

Un vecino me había visto trepado a la escalera y llamó a mis papás.

—¿Quién fue? —pregunté cuando Papá y Mamá me cuestionaron durante la cena. Yo había tenido mucho cuidado de que nadie me viera desde su patio.

—No hablaba bien inglés —dijo Papá encogiéndose de hombros—. No sé.

—Pero eso no importa —agregó Mamá con paciencia forzada. Estábamos en la cocina. Nicole ya se había ido a la cama—. ¿Qué te llevó a hacer algo tan peligroso?

Respondí sin darme cuenta cómo ni cuándo.

—Lo hice con mucho cuidado. Quería derribar el nido. No es tanto problema, ¿o si?

—Pero ¡eres alérgico a las avispas, Steven! —exclamó Mamá.

—Llevé mi epinefrina —murmuré.

—Eso no te sirve de nada si te pican muchas —dijo Papá.

—Bueno, tal vez si me llevaran a que me pusieran las vacunas de la alergia… —respondí.

—Andamos un poco ocupados, por si no te has dado cuenta —dijo, y por su mirada supe que estaba

empezando a enojarse. Mamá puso una mano sobre su brazo.

—Pues sí, ¡soy alérgico! —insistí—. ¡Y eso a nadie parece importarle!

—Nos importa… —empezó Mamá.

—Por eso es mejor que te quedes dentro mientras nos ocupamos del asunto —dijo Papá—. Y no te subas a una escalera.

—¿Y qué pasa si una se mete en la casa? —los confronté—. ¿Qué tal si me pica dentro de la casa? ¿O pica al bebé?

Permanecieron en silencio unos segundos, pero la mirada de Papá seguía siendo furibunda.

—¿Qué tal que te hubieras caído? —dijo Mamá—. Hubieras podido lastimarte gravemente…

—Nos haremos cargo del avispero —dijo Papá.

Mamá se acercó a mí, con intención de abrazarme, pero la esquivé.

—¿Qué te pasa, Steven? —preguntó con suavidad—. Cuéntanos qué sucede.

Me volteé porque ya podía sentir que la garganta me ardía y no quería llorar. Miré a la pared, clavé la vista en el cuadro con el marco de metal plateado bruñido. Sentí que las palabras se habían estado acumulando en mi interior hasta casi desbordarme, y no las quería tener más allí.

Les conté de mis sueños, de todas las conversaciones con los ángeles que habían acabado convirtiéndose en avispas. Estaba sentado en una de las sillas de la cocina con los ojos fijos en el piso, en parte para concentrarme y no olvidar nada, en parte porque tenía miedo de ver la cara de mis papás. Les conté lo que había dicho la reina sobre cómo iban a sustituir a nuestro bebé con el que estaban fabricando en el avispero, un bebé sano, y les dije que yo no creía que el sueño fuera real, no, pero que estaba harto de oír hablar de la reina y quería que se fueran todas las avispas.

Ninguno me interrumpió y, cuando levanté la vista para mirarlos, hubiera preferido no hacerlo. El pecho de Papá se movía lenta y profundamente al ritmo de su respiración. Mamá estaba llorando. Las lágrimas le rodaban por las mejillas y luego su cara se contrajo y sollozó. Papá se le acercó y la abrazó, para susurrarle algo al oído.

—Es demasiado —dijo Mamá—. No puedo…

Me quedé tieso, con el deseo de no haberles contado nada, de retroceder en el tiempo.

Mamá se limpió las lágrimas y estiró los brazos hacia mí. Esta vez sí le permití abrazarme, para no tener que mirar su rostro.

—Sé que ha sido una etapa muy difícil. Lamento mucho que no hayamos estado más atentos para apoyarte.

—Está bien… no es culpa de ustedes.

—¿Quieres ir nuevamente con el doctor Brown? —preguntó Papá.

Me mordí el labio. En voz baja pregunté:

—¿Y qué sucede si es cierto?

—Siempre has tenido unos sueños bastante vívidos —respondió.

—Ya lo sé… pero Vanessa dijo que esas avispas no eran normales.

—Puede ser que no —contestó, y sonó como si se estuviera enojando de nuevo—, pero eso no quiere decir nada, Steven. Voy a hablar con ella, porque si ha estado fomentando esto…

—¡No, no lo ha hecho! —interrumpí—. No te enojes con ella.

No quería continuar porque podía ver el miedo en los ojos de ambos, y eso me asustaba. Alguien me dijo una vez que cuando a uno le preocupa haberse vuelto loco es precisamente porque no lo está. Porque los locos no tienen idea de que están locos: piensan que andar desnudos por ahí canturreando es normal. Al contar mis sueños en voz alta, sabía que sonaban a puro disparate, pero también recordaba cada detalle, y parecían tan reales…

Papá tomó aire e hizo un esfuerzo por sonar despreocupado:

—Tal vez deberías contarle todo esto al doctor Brown.

—¿Otra vez crees que estoy loco? —pregunté, y ahora el que lloraba era yo.

Mamá me abrazó con fuerza.

—Nunca has estado loco, sino lleno de ansiedad, al igual que mucha gente, muchos niños, y además tienes mucha imaginación y sensibilidad. Y eres ma- ravilloso —me besó en la parte alta de la cabeza—. Increíblemente maravilloso.

De repente me sentí muy cansado entre sus brazos.

—Iré con el doctor Brown —suspiré resignado—, pero quiero que ustedes logren que ese nido de avispas desaparezca de aquí.

Siempre me había parecido que el doctor Brown se veía como si estuviera un poco chiflado. Era culpa de sus cejas, grises y muy abundantes, que terminaban en punta y se elevaban formando un ángulo. Me preguntaba si él sabía que daba esa impresión. Uno pensaría que si su trabajo implicaba hablar con loquitos, él haría un esfuerzo especial por no verse medio loquito también. A veces tenía mal aliento, a café rancio y, tal vez, a cigarrillo. Me imagino que cuando uno habla todo el día, la boca se le pone seca y pastosa. Pero la voz del doctor Brown era tranquilizadora y tenía una sonrisa amistosa.

—Ha pasado ya un tiempo desde la última vez que nos vimos —dijo—. Casi un año, creo. Y estuvimos hablando de algunos problemas que estabas teniendo, y planteando estrategias para enfrentarlos.

—Sí.

Había una delgada carpeta cerrada sobre su escritorio. La debía haber repasado antes de verme. Recordé que jamás tomaba notas mientras hablábamos. Supongo que lo hacía después, a solas en su consultorio, y que decía *¡Vaya!* y *¡Qué loco!* y cosas así.

—¿Te sirvió alguna de esas estrategias? —me preguntó

Le conté que había tratado de acortar mis listas de antes de dormirme, y que no me estaba lavando las manos con tanta frecuencia. Cosa que no era del todo cierta. Pero era verano y resultaba más difícil que alguien lo notara. En invierno, cuando hacía mucho frío y el aire era muy seco, las manos se me ponían rojas y resecas, especialmente en los nudillos. Se veían muy maltratadas, y a veces la piel se partía y la gente comentaba sobre el asunto, como si yo sufriera de alguna enfermedad. Pero ahora lucían normales. Le dije al doctor que había estado practicando la respiración profunda.

—¡Excelente! ¿Y cómo estuvo tu año escolar?

En el camino a la escuela solía ir nombrando en silencio las mismas cosas que siempre veía por la calle, para garantizar que el día fuera bueno. Tenía una cinta de relajación que me gustaba oír en el auto. En la escuela sólo tomaba agua de una fuente en específico, y me lavaba las manos entre clase y clase. También cargaba todo el tiempo gel desinfectante conmigo, por si acaso. Casi todos los días me preocupaba que me fuera a poner mal y acabara vomitando en medio del pasillo, enfrente de todos, y que nadie quisiera ser mi amigo.

Le dije al doctor que el año había estado bien y que había aprendido a dejar algunos de mis rituales, y a preocuparme menos de que fuera a vomitar.

—Muy bien. Tu papá me contó algunas de las cosas que han estado sucediendo en tu casa. Parecen momentos difíciles. ¿Cómo te sientes con todo eso?

Entonces hablamos un poco del bebé, de todas las idas al hospital y los médicos, y de lo triste que se sentía la casa.

—¿Y fuera de la casa cómo está todo? ¿Qué estás haciendo para aprovechar este verano?

—Nada especial, sólo andar por ahí.

—¿Te ves con tus amigos?

—Casi todos se fueron de vacaciones —me había encontrado con Brendan unas cuantas veces, pero la verdad es que no teníamos mucho en común. Él siempre estaba tan contento y tan lleno de energía que me hacía sentir mal conmigo mismo. No me molestaba estar solo. Además, no sabía cómo hablar del tema del bebé con nadie. *A excepción de la reina*, pensé de repente.

—Y has estado soñando cosas extrañas, me dijo tu papá.

—¿Él cree que estoy loco?

—No. Les preocupa que estos momentos difíciles sean demasiado duros para ti. Solías tener muchas pesadillas, si no me equivoco.

Asentí.

—Y también episodios de sonambulismo, caminabas dormido, ¿cierto?

—Unas veces.

—Había una pesadilla en especial. ¿La recuerdas?

Claro que la recordaba.

—Hay algo al pie de mi cama, que me mira. Y a veces me arrebata las cobijas.

—Muy bien. Cuéntame de las pesadillas recientes —dijo.

Dejé salir un largo suspiro y le conté lo mismo que les había contado a Mamá y a Papá. Y cómo no se sentían como sueños normales.

—Ciertamente son muy interesantes. La avispa… ¿tiene nombre?

—¿Eso importa?

—No, pero parece que siempre te refieres a ella como *la reina*, así que me preguntaba si tendría nombre.

—Nunca le he preguntado y ella nunca me lo ha dicho.

—¿Cuántas conversaciones han tenido?

—Cuatro.

—Recuerdo que la vez anterior hablamos de un amigo imaginario que tenías cuando eras más chico.

—Henry.

—Ése, Henry. Y seguiste conversando con Henry hasta quinto de primaria, ¿me equivoco?

—Ya no lo hacía tanto en ese momento. Sólo a veces —aún recordaba lo que el doctor Brown me había dicho un año antes, y lo repetí ahora—: era sólo una manera de hablar conmigo mismo, de ayudarme a pensar las cosas.

—Pero cuando dejaste de hablarle, dijiste que te sentías muy solo.

No era normal seguir teniendo un amigo imaginario en quinto de primaria, o eso fue lo que me dijo Sanjay, que le contó a James y luego resultó que todos en mi curso se enteraron, así que tuve que dejar de hablar con Henry.

Sentí un tironeo inesperado en mi pecho.

—Sí.

—¿Y ahora? ¿Todavía lo echas de menos?

—En realidad, no —mentí. No era exactamente una mentira. No echaba de menos a Henry, sino el tener a alguien con quien hablar, como él, pero de verdad. El oyente perfecto, que podría ayudarme a entender mejor todo.

—Me acuerdo de que la última vez que hablamos usabas una expresión muy interesante para referirte a cómo te sentías a veces —dijo el doctor—. La anoté porque me pareció muy expresiva: *en pedazos*. ¿Lo recuerdas?

No lo recordaba, al menos no hasta que lo dijo. Pero ahora regresaba junto con la sensación que describía: como si tuviera cien ideas rotas y dispersas en mi cabeza, cien trocitos de un vitral, y mi mirada danzaba de un pedacito al otro sin entender qué significaban ni dónde se suponía que debían estar.

—¿Te has vuelto a sentir así? —preguntó el doctor.

—Un poco, supongo. No exactamente igual.

—¿Y la avispa, la reina, te habla alguna vez mientras estás despierto?

—¡No! Sólo cuando estoy dormido.

—Tu papá me contó que trataste de derribar el avispero. Estaba preocupado porque pudiste haberte caído o acabar lleno de picaduras de avispa.

—Sí.

—Ese sueño que tuviste, en que la reina decía que iban a sustituir al bebé…

No terminó la frase, para indicar que quería que yo continuara. Lo que dijera podía ser importante. Pero yo no decía nada. Temía que cualquier cosa que dijera estuviera mal.

—Fue un sueño —dije para concluir el tema.

—Fue suficiente para ponerte a buscar una escalera y treparte por ella.

—De veras les tengo mucho miedo a las avispas —respondí.

—Pero decidiste acercarte a su nido.

—Yo sólo quería… quería que ya no pasara más. Estaba enojado con Papá y Mamá por no hacer nada ni conseguirme la cita para las vacunas para la alergia —esto me pareció normal, razonable.

El doctor me miró con amabilidad, a la espera de ver si yo agregaba algo más.

—Los sueños parecían… —no continué.

Sonrió:

—Bueno, hay muchas teorías sobre los sueños. Lo importante es recordar que son sólo eso: sueños. Pueden parecer experiencias que te marcan profundamente, pero no son experiencias verdaderas y no tienen ningún poder sobre ti. Se relaciona con aquello que hablamos la última vez de que un sentimiento no es un hecho, ¿lo recuerdas? Lo que sucede en los sueños se queda allí, en los sueños.

—Bueno —contesté, y luego seguí con algo que no les había dicho a mis papás—: pero la reina me dijo algo que sí sucedió.

—¿Y qué fue?

—Que Vanessa había matado a una de las avispas. Yo no lo sabía, y al día siguiente me contó.

El doctor balanceó la cabeza de lado a lado.

—Bueno, ya sabes que Vanessa estudia biología, y sabías también que quería examinar al bicho. Eso es lo que les sucede a los bichos cuando los queremos estudiar.

—Vanessa también dijo que la avispa era rara. Que incluso podía ser que no fuera una avispa.

Sonrió:

—El fin de semana pasado estuve en el museo con mis hijos y había un cartel. Recuerdo que decía que en el planeta había entre cinco y cincuenta millones de especies de seres vivos, y que apenas un millón ha sido descubierto. O algo así. Me pareció increíble.

—Me lo imagino —agregué, y pensé en si debía decir lo que seguía o no—: cuando traté de derribar el nido, un montón de avispas revolotearon y se posaron sobre mí pero no me picaron. Ni una sola.

—¡Qué suerte!

—Era como si se limitaran a alertarme del peligro. Y en cuanto empecé a bajar la escalera, se alejaron.

—No soy experto en avispas, pero sé que son muy territoriales. A lo mejor cuando estuviste a la suficiente distancia del avispero, dejaron de considerarte una amenaza.

—Tal vez —asentí y dejé escapar un suspiro. Me sentía mejor, de verdad—. No quiero soñar más con las avispas.

—Bueno, no creo que puedas controlar eso. Es probable que tengas más sueños con ellas y el avispero y el bebé. Están pasando muchas cosas en tu vida en estos momentos, pero con el tiempo los sueños se van a ir espaciando más y más. ¿Has logrado despertarte en medio de uno de esos sueños?

Negué en silencio.

—Lo intenté una vez, pero el sueño siguió.

Asintió comprensivo.

—A propósito, ¿cómo se llama?

—¿Cómo se llama quién?

Se rio.

—El bebé, tu hermanito. Nunca me dijiste cómo se llama.

—Ah, sí. Theodore. Le decimos Theo.

—Bonito nombre. ¿Te gustaría volver a platicar en un par de semanas?

—Claro —contesté.

Pasaron tres días sin que soñara con ellas, y tuve la esperanza de que se hubieran ido definitivamente.

El lunes, Papá fue a trabajar y Mamá al hospital a hablar con el especialista sobre la operación que ya estaba próxima. Vanessa había venido a pasar la tarde, para cuidar a Nicole y al bebé. Estábamos en la sala y acababa de darle el biberón al bebé.

—¿Quieres cargarlo? —me preguntó luego de sacarle los gases.

—Bueno —contesté nervioso. No lo había cargado mucho. Me avergonzaba admitirlo pero me preocupaba contagiarme de alguna manera y que lo que no andaba bien en él empezara a fallar en mí. No tenía lógica, lo sabía. Pero seguía sintiendo ese temor. Sin muchas ganas, extendí los brazos y Vanessa me lo entregó.

Nicole sí se la pasaba con el bebé. Le encantaba. Para ella significaba una novedad maravillosa en su vida. Dijo una vez, no mucho después de que el bebé llegara:

—¡Déjenme adorarlo y venerarlo!

Siempre me sentía mal al ver a Nicole con el bebé, porque al mirarlo veía todas las cosas que parecían funcionar mal en él, y veía a Mamá cansada y preocupada, y veía a Papá mirando por la ventana, a veces al horizonte, a veces a la entrada, donde dejábamos el coche.

Nicole se fue a jugar y Vanessa dijo:

—Tu mamá me estaba contando de la operación.

—Ajá.

—¡Pobre, mi *bambino*! —agregó—. Va a salir muy bien.

—Está todo descompuesto por dentro —completé.

—Descompuesto —Vanessa sopesó el término.

—Sí. No es sólo una cosa del corazón. Hay mil cosas que no le funcionan. Podría morirse.

—Pero nadie lo sabe con certeza.

—No ahora, pero algún día…

Vanessa me interrumpió:

—Algún día algo puede dejar de funcionar en cualquiera de nosotros.

—Supongo que sí.

—Muchas personas tienen algo que no funciona bien. Yo misma, por ejemplo.

Alcé la vista para mirarla.

—¿Qué?

—Tengo algo llamado riñón poliquístico. Mi mamá lo tiene también. Me enteré cuando estaba en el bachillerato. Uno empieza a sufrir de quistes llenos de líquido en los riñones.

—¿Y es mortal? —pregunté.

—Es una enfermedad lenta, que va empeorando de año en año. Es probable que tarde o temprano mis riñones dejen de funcionar.

—¿Y entonces?

—Necesitaré un trasplante.

No supe qué decir. Vanessa sonrió alegre y me dio un empujoncito en el hombro.

—No pongas esa cara de pánico, Steven. No será en mucho tiempo. Además, mi hermana dice que ella puede donarme uno de sus riñones, y eso es genial.

—Y después quedarás bien —me sentí como Nicole al decirlo. Un niñito en busca de una respuesta rápida y tranquilizadora.

—Por cierto tiempo. Los riñones trasplantados no duran para siempre. Pero ¿quién sabe qué pasará de aquí a allá? Volviendo a lo del bebé *descompuesto*, ¿qué quiere decir eso? Muchas personas que conozco tienen algo que no anda bien. Un amigo de mi tío acaba de enterarse de que padece esclerosis múltiple, y apenas tiene veintisiete años. Nadie sabe lo que le reserva el futuro. Lo que quiero decir es que tarde o temprano todos estaremos descompuestos de una u otra manera.

El bebé se sentía muy cálido contra mi pecho. Yo sabía que también estaba estropeado, que no era como el resto de la gente. Que tenía muchos miedos y ansiedad y pasaba mucho tiempo triste, y ni siquiera sabía por qué. Mis papás pensaban que yo era anormal, de eso estoy seguro. Decían que no, pero a uno no lo mandan a terapia cuando es normal.

A veces no somos como deberíamos ser. No es bueno para nosotros. Y a la gente no le gusta. Tienes que cambiar. Hay que esforzarse y respirar profundamente y tal vez algún día tomar pastillas y aprender trucos para que puedas fingir que eres como todos los demás. La gente normal. Aunque a lo mejor Vanessa tenía razón y toda esa gente también estaba descompuesta a su manera. Tal vez pasamos demasiado tiempo pretendiendo ser algo que no somos.

Sostuve al bebé, y era pequeño pero no tan liviano como la última vez que lo cargué. Siempre pensé que, por sus enfermedades, escasamente sentiría su peso, que flotaría hacia arriba y se alejaría por el aire. Pero en mis brazos lo percibía como un bulto sorpresivamente sólido. Pensé en lo que había dentro, todas esas cosas extrañas y húmedas que tenemos en el cuerpo y que nos ponen en funcionamiento. Y más dentro todavía, todas las celulitas escurridizas y las cadenas de ADN que contienen las instrucciones de todo. Y con el bebé me las imaginé como series de lucecitas navideñas, sólo que algunos foquitos faltaban, otros titilaban y otros se habían fundido sin remedio.

Y no supe qué iba a pasar o qué significaba todo o qué se suponía que yo debía hacer con todo eso.

—Nadie es perfecto, eso sí te lo puedo decir —continuó Vanessa—. Tu hermanito parece tener muchos problemas ahora mismo, pero puede que no sea siempre así.

Sabía que no debía preguntarlo, pero no lo pude evitar.

—Esa avispa que capturaste, ¿averiguaste algo más de ella?

Vanessa pareció incómoda.

—Siento mucho si hice que te obsesionaras con las avispas. Tu papá no estaba muy contento con todo el asunto. Me dijo que habías tratado de derribar el avispero.

—Eso no fue culpa tuya —y confié en que Papá no le hubiera dicho nada desagradable.

—No fue muy sensato de tu parte.

—¡Ya lo sé!

—En todo caso, tu papá me pidió que no tocara más el tema.

—¡Ah! —callé durante un minuto pero luego sentí rabia—. No voy a contarle nada. Nada más tengo curiosidad de saber qué era.

—¿Me prometes que no le dirás nada?

—Te lo prometo.

—¿No vas a hacer ninguna tontería con el avispero?

—¡No! ¿Qué son esas avispas?

—Se la mostré a mi profesora y ella tampoco había visto una como ésa antes. La fijó con un alfiler y le sacó unas cuantas fotos. Y cuando empezó a diseccionarla, pues… resultó que no había mucho en su interior.

Tragué en seco.

—¿Qué quieres decir?

—Se desinfló, como si fuera una funda vacía.

Mis ataques de pánico siempre empezaban de la misma manera: sentía una oleada de calor en la nuca, que luego se iba bajando por mi espalda y se extendía por mis brazos y a veces hasta las piernas, como si me hubiera caído un rayo. Y después venía esa sensación de que me estaba volviendo loco, y de que acabaría acurrucado en un rincón y que nada volvería a estar bien.

—A lo mejor le puse demasiado acetato de etilo en el frasco letal y, más que matarla, la disolví —estaba diciendo Vanessa.

—Sí, tal vez —añadí, procurando que al inhalar el aire me llegara hasta el abdomen.

Esas avispas no eran normales. En su interior no tenían nada de lo que tiene una avispa normal.

Esa noche, después de la cena, el bebé no estaba interesado en su biberón, y su cuerpecito se veía desmadejado.

—A lo mejor es el calor —dijo Papá. Afuera era un horno, y dentro las cosas no eran mucho mejores, ni siquiera con el aire acondicionado encendido.

—No está bien —dijo Mamá, y parecía muy preocupada. Papá lo llevó a urgencias.

Nicole y yo estuvimos mirando el televisor, y yo le permití comer una galleta tras otra, hasta que Papá regresó.

—Van a dejar al bebé hospitalizado esta noche —nos contó—, y su mamá se queda con él.

—¿Está bien?

—Creen que puede ser un virus, nada serio.

—Como una gripa —dijo Nicole sin dejar de mirar la pantalla.

Papá le acarició el pelo:

—Sí.

Luego de que Nicole se acostara, le pregunté a Papá:

—¿Es grave?

—No les preocupa mucho el virus sino que... que el bebé necesita estar fuerte para la operación del corazón, y hay que hacerla pronto. Pero no quieren arriesgarse hasta que el bebé esté recuperado y bien. No podemos hacer nada más que esperar y desear que todo vaya bien.

—Muy bien.

Me dio un abrazo de buenas noches y me dijo que me fuera a acostar. Me dijo que me amaba. Al salir del baño, lo vislumbré sentado en el borde de su cama, en calzoncillos, quitándose los calcetines. Tenía la cabeza gacha, y alcanzaba a ver la zona de la cabeza donde estaba perdiendo pelo. Se quitó un calcetín, se masajeó los dedos y después pareció haberse olvidado del otro. Luego dejó de masajearse los dedos del pie. Se quedó allí sentado, con la mirada perdida.

Ya acostado, repasé mis listas. Dije mis pseudooraciones dos veces, porque me preocupaba haberme saltado a alguien. Sin Mamá ni el bebé, la casa se sentía más solitaria.

Me subí las cobijas por encima de la cabeza y me enrollé en ellas como en un capullo.

En el nido había más penumbra que nunca antes, pero veía mejor que otras veces. Del techo pendía un gran bulto blanco como hecho de gasa, de seda, saliva y telaraña. Ocupaba prácticamente la mitad del nido y despedía un increíble calor. Cuando me asomé hacia abajo desde el pequeño saliente donde estaba (¿habría sido construido específicamente para mí?) pude ver, justo fuera de la abertura circular, un enjambre de avispas obreras que revoloteaban para hacer penetrar una corriente de aire fresco en el nido. Sentí la brisa sobre mi rostro.

—El bebé ya es un capullo.

Era la reina, con sus antenas que me acariciaban. No la había oído acercarse. Sus alas no hacían ruido.

—Dejó de ser una larva —agregó—. Comió todo lo que necesita por ahora. Tejió un capullo a su alrededor y se concentra exclusivamente en crecer.

Traté de ver algo dentro de la crisálida, pero el bebé estaba sellado y aislado en su envoltorio blanco. Pensé en mí mismo, dormido en mi cama, completamente envuelto en mis cobijas.

—No sabía si ibas a volver —dijo la reina.

—Parece que no tengo otra opción.

—Claro que la tienes, corazón. Claro que sí. Vienes porque así lo quieres. Ésa es la razón por la cual estás aquí.

Yo no estaba muy seguro de lo que me decía. Pero me sentía diferente. Si el doctor Brown estaba en lo

cierto, esto no era más que un sueño. Parecía real pero no lo era. No tenía ningún poder sobre mí.

—¿Y ahora qué sigue? —pregunté.

—Pues el bebé tiene que crecer, y entonces estará listo.

—Listo para reemplazar a nuestro bebé.

—Por favor, ya vas a empezar otra vez con lo mismo. Éste es tu bebé.

—Nuestro bebé necesita una operación de corazón.

—Está hospitalizado ahora mismo —dijo la reina—. Ya lo sé. Regresará a casa en la mañana. Tu mamá estará terriblemente triste, pero tratará de mostrarse valiente. Le habrán dicho que no pueden operar al bebé hasta que esté más fuerte. Y es que se trata de una operación muy delicada, si me permites que te lo diga. Hacen todo lo que pueden, no me malinterpretes, con la mejor de las intenciones, claro, pero aún son muy primitivos. Sé bueno con tu mamá porque el hecho es que el bebé nunca se recuperará lo suficiente para que lo operen.

—¡No puede saberlo! —exclamé y tuve que repetirme que nada de esto era real.

—No le queda mucho. Los médicos van a decir vaguedades como *Cuando se recupere...*, y puede que incluso algunos lleguen a estar convencidos de eso.

—¿Está segura?

—Es muy triste, pero no le queda mucho. ¿Cómo están los demás?

Sentí como si tuviera la cabeza llena de bolitas de papel y estuviera tratando de desplegarlas para leer las respuestas, pero la letra era demasiado pequeña o el papel estaba demasiado arrugado. Nada tenía el menor sentido.

—Nicole no entiende mucho —murmuré.

—¡Qué bueno! ¿Y tu padre?

Lo recordé sentado en el borde de la cama.

—No creo haberlo visto tan triste.

—¿Y tú?

—¿Yo qué?

—¿Quién se ocupa de ti?

—Estoy bien.

—¿Quién te cuida? ¿Quién te dice cosas cariñosas?

—Ellos lo hacen, pero están muy cansados.

—Claro. Deben estar traumatizados. Despedazados. Es la peor pesadilla de un padre hecha realidad.

Desafiante, le dije:

—Pero aquí están ustedes para componer todo, ¿cierto? Para hacer un bebé sano.

—Por supuesto, aunque no lo habríamos podido hacer sin ti.

—¿A qué te refieres?

—Cuando te piqué, lo hice para poder hablar contigo, sí, pero había otra razón además. Tomamos un minúsculo trocito de ti, de tu ADN, para poder empezar con el nuevo bebé. No es un bebé cualquiera que tuviéramos por ahí. Es de tu familia.

—Entonces, ¿va a ser el gemelo de nuestro bebé?

—Ay, no, nada de eso. Una vez que tenemos la materia prima, nos ocupamos de todos esos detalles mínimos. Pero todavía necesitamos tu ayuda de otra forma.

—¿Cómo?

—Somos listas, pero no podemos hacerlo todo. Habrá un momento en el cual te necesitaremos.

—¿Por qué no les consulta a mis papás al respecto?

—¡Ni hablar! Están demasiado ocupados. Las mentes de los adultos se atiborran de tanta cosa.

—¡Yo no puedo decidir estos asuntos! —otra vez se me estaba olvidando: nada de esto era real, nada.

—¿No? —dijo ella—. Eres más importante de lo que crees.

No pude evitar sentir curiosidad.

—¿Qué es lo que tendré que hacer?

—Por ahora, nada.

—¿Cuándo, entonces?

—Te lo haremos saber. Por ahora, lo único que tienes que hacer es aceptar, decir *sí*.

Esto era nuevo. Hasta ahora en mis sueños lo único que había hecho era escuchar y observar. Como si estuviera viendo el televisor. Ahora se me iba a pedir que hiciera algo.

—¿Te has dado cuenta de que nunca llamas al bebé por su nombre? ¿Que no le dices Theodore? —preguntó la reina.

—¿Cómo supo su nombre?

—Yo sé todo lo que tú sabes. Ni una sola vez te has referido a él como *Theo*. ¿Por qué crees que sea?

Me encogí de hombros.

—No estás preparado para darle un nombre porque no sabes si va a vivir o no. Es un poco como admitir que no es una personita de verdad. Y es que no lo es, ¿o sí? Al menos no todavía. No hasta que terminemos nuestra labor. Me imagino que ya entiendes a qué me refiero.

—¿A qué se refiere?

—A que estás listo para decirnos *sí*.

—¿Y a qué estaré diciendo que sí?

—Ésa es una palabra muy poderosa, *sí*. Es como abrir una puerta. Es como avivar una llamarada. Es la palabra más poderosa del mundo.

La reina era desesperante… su manera de hablar, la forma en que las palabras salían de su boca y formaban una espiral alrededor.

—Pero aún no me ha dicho…

—*Sí* significa que aceptas, con todo lo que esto implica. Que acabaremos el bebé y que tú irás a su cuarto una mañana y allí estará, y será un bebé sano, como si el otro bebé nunca hubiera existido.

—¡Como si mis papás no se fueran a dar cuenta!

—Nadie va a hacer preguntas —afirmó la reina—. ¿Crees que las harán cuando lo vean sano? ¿Tú crees que van a preguntarse: *Mmmm, ¿cómo es posible que esté tan sano así de repente? ¡Qué cosa más extraña y sospechosa!* Nada de eso. ¡Estarán tan agradecidos! Y ese bebé será Theo, sólo que sano. Y antes de que te des cuenta, tú también te olvidarás de esa porquería de bebé estropeado.

Sentí como si me hubieran dado una bofetada. Ésas eran las primeras palabras crueles que le oía pronunciar.

—¡Eso es muy cruel! —exclamé.

—A veces la verdad duele. Sólo piensa en lo felices que estarán tus papás. Estarán felices y todo volverá a ser como antes... felicidad, felicidad y más felicidad.

—Felicidad —de repente me llegó el olor a césped recién cortado otra vez, y sentí una fresca brisa de verano.

—Exacto. Y todo lo que tienes que hacer es decir *sí* . Aceptar que deseas terminar con el sufrimiento y el pesar. Aceptar que quieres hacer felices a tus papás. Que quieres mejorarles la vida a todos en tu familia.

Pensé: *Es un sueño y nada más.*

Pensé: *No tiene ningún poder sobre mí.*

Pensé: *¿Por qué no?*

—Está bien —susurré.

—¿Perdón? No te oí bien.

—*Sí* —murmuré.

—Dilo más claro, por favor.

—¡Sí, que sí! ¡Sí!

Me di cuenta de que se me iba acumulando una enorme cantidad de tristeza en el pecho, como un montón de aire que no sabía que necesitara exhalar. Empecé a llorar.

—Ya, ya —dijo la reina amablemente, y sus antenas me enjugaron las lágrimas—. Ya, ya. Deja que la tristeza salga. Has hecho lo correcto, Steven. ¡Qué muchacho más valiente y maravilloso! Gracias.

Y lloré, y me desperté, con las cobijas todas enredadas cubriendo mi agujero para respirar, asfixiándome. Me destapé la cabeza y tomé aire. Durante unos instantes, me sentí confundido y sin poder recordar lo que había sucedido. Cuando pude, sentí un nudo en el estómago. Había hecho algo terrible. Había dicho que sí. Había aceptado ayudarles a las avispas a sustituir al bebé.

Traté de calmarme con respiración profunda. El doctor Brown había dicho que los sueños podían sentirse como algo muy real pero que no eran experiencias verdaderas. Pero ahora eso no me hacía sentir para nada mejor.

Dije para mis adentros: *Fue sin querer.*

Como si esperara que alguien me contestara, o me perdonara.

—Fue sin querer —repetí.

—Fue sin querer —dije con fiereza, con los dientes hundidos en la almohada.

A la mañana siguiente, alrededor de las 11, Papá salió a buscar a Mamá y al bebé al hospital. El bebé lloraba, pero parecía tener más energía. Mamá se veía agotada, pero sonrió y dijo que era increíble que alguien lograra recuperarse en el hospital, con todos esos zumbidos y pitidos y personas que entran y salen a toda hora.

—¿Cómo está el bebé? —pregunté.

Y Mamá me contó todo lo que la reina ya me había dicho en el sueño, casi todo.

—Cuando esté más fuerte y recuperado, lo podrán operar. A lo mejor es esta misma semana. Pero los médicos dijeron que puede quedarse en casa hasta entonces. Nada más tenemos que cuidarlo mucho y asegurarnos de que no se ponga mal otra vez, que sus uñas y labios no se pongan azules. Y luego, con un poquito de suerte, podrán operarlo.

—¿Y entonces ya estará bien? —preguntó Nicole, atropellando una figurita de acción con un camión de juguete.

—Estará mejor, pero no del todo bien —dijo Mamá—. Siempre habrá cosas diferentes en él.

Era la primera vez que Papá y Mamá le decían algo así a Nicole. La observé, preguntándome qué iba a hacer. Se encogió de hombros.

—A mí me parece que está bien —dijo, y se fue a buscar otra figurita que atormentar.

—¿La operación es arriesgada? —pregunté a Mamá.

—Es delicada, pero ahora los médicos son tan buenos para estas cosas.

Sonrió valerosa, y la abracé y le dije que estaba seguro de que todo iba a estar bien y traté de sonar lo más tranquilizador posible. Tal como la reina me había recomendado.

Papá preparó de comer y comimos dentro. Lo decidieron así por mí, a causa de las avispas. El bebé se había tomado todo su biberón y estaba dormido arriba. Mamá tenía el monitor cerca.

—Llamé al exterminador —me contó Papá—. Vienen el viernes a acabar con ese avispero.

Era martes. Faltaban tres días para el viernes. Asentí:

—Gracias.

—Fue lo más pronto que podían —agregó—. Están ocupadísimos en esta época del año. Ha sido un verano espantoso por las avispas.

Estábamos recogiendo los platos cuando oímos el llanto. Todos nos quedamos quietos, y sentí que se me erizaba la nuca. Era un llanto normal de bebé, pero jamás se lo habíamos oído al nuestro, que era más bien callado. Nunca lloraba en serio. Cuando mucho, hacía un ruido como una especie de gorjeo de pajarito. Lo que se oía a través del monitor ahora era el escándalo de un llanto de verdad.

Nicole abrió los ojos todo lo que pudo y preguntó:

—¿Ése es Theo?

Papá y Mamá ya iban corriendo escaleras arriba. Los seguí, saltando los escalones de dos en dos para alcanzarlos. Cuando entré al cuarto del bebé, Papá y Mamá estaban inclinados sobre la cuna, mirando. El bebé estaba profundamente dormido, respirando en calma, con las manitas cerradas en puños.

Desde abajo, por el monitor, nos llegaba muy distante el sonido de un bebé que lloraba.

—¡Qué raro! —comenté.

Papá tomó el transmisor del monitor y le movió un botón para cambiar el canal. El ruido que venía de abajo calló.

—A lo mejor estamos recibiendo la señal del monitor de otras personas —afirmó.

—Los nuevos vecinos de al lado tienen bebé, ¿cierto? —preguntó Mamá.

Papá asintió en silencio.

Sabía que sonaba a disparate pero no pude evitar pensar que el ruido no lo hacía nuestro pequeño vecino, sino el bebé que crecía frente a nuestra ventana, en el nido.

Esa noche Papá y Mamá cerraron la puerta de su cuarto, pero de todas maneras alcanzaba a oírlos hablar. Creo que hablaron de mí un poco porque distinguí el nombre del doctor Brown, y después estoy seguro de que comenzaron a hablar del bebé. Cuando me acerqué por el pasillo para oír mejor, Mamá estaba contando un sueño que había tenido en el hospital, la noche anterior. Una enfermera llegaba a decirle que había habido una confusión y que le habían entregado el bebé equivocado, y ella tenía el bebé correcto, y que no tenía ningún problema y estaba sano. Y no pude saber qué más decía porque se puso a llorar, y la oí decir que estaba avergonzada, y luego los murmullos suaves de Papá que encubrían sus sollozos.

Ahora el nido estaba muy oscuro. A duras penas lograba ver las paredes, y luego me di cuenta de que era porque el bebé había crecido tanto que no dejaba entrar la luz. Sentía su presencia a mi alrededor, aunque no veía más que un vago contorno. El interior del nido se sentía muy húmedo. El invierno pasado habíamos ido al zoológico y visitado el pabellón de la selva húmeda tropical, que estaba atestado de gente con sus gruesas chamarras para la nieve, y con todos los monos y gorilas con su denso olor animal y su comida y su caca. Había sido demasiado para mí y tuve que salir a respirar en el helado aire de afuera. Se sentía igual ahora en el nido.

Casi de inmediato, la reina llegó frente a mí. No quería que me tocara con sus antenas pero sabía que era la única manera en que podíamos hablar.

—Es un placer verte, como siempre —dijo la reina—. Es muy amable de tu parte el haber venido.

—¿Fue el bebé que oímos hoy?

Dio un saltito de emoción.

—Poderoso par de pulmones, los suyos, ¿cierto?

—Nos asustó a todos.

—Un llanto sano, nada más, en lugar de los quejidos debiluchos del que hay en la cuna. ¡Pero me da gusto que lo hayan oído! Los está llamando. Quiere que sepan que está listo para nacer y para amarlos. Quiere conocerlos, más que nada. ¡Está creciendo tan rápido como puede! ¿Quieres verlo?

—No sé...

—Anda, ¡ven a verlo! Desde aquí no lo puedes apreciar bien porque está muy oscuro. Hay más luz arriba. Estoy segura de que vas a quedar prendado de él.

Una vez más sentí que me alzaban. Al acercarnos, tomé conciencia del impresionante tamaño del bebé. Me di cuenta de que, desde abajo, no había visto más que las sombras de piernas, trasero y algo de espalda. Ahora, de repente, desde lo alto del nido, había luz y podía ver al bebé desde arriba.

Ya no había envoltura de seda. Desde la parte superior, el bebé colgaba suspendido de algo que parecía una especie de cordón umbilical, aunque penetraba por detrás de la cabeza, y estaba hecho del mismo material que el resto del nido. Y el bebé…

—Oh —respiré—, ¡oh!

—Está quedando muy bien —dijo la reina con un dejo de orgullo.

Tomé una bocanada del aire húmedo y, extrañamente, ya no olía mal sino más bien como el aliento de un bebé, un poco a leche.

—¡Es hermoso! —dije.

—¿No te dije?

Era todo suave y tierno, con muñecas y rodillas con hoyuelos, y la boquita más perfecta del mundo. Y supe que sin lugar a dudas era nuestro bebé antes de que empezara a tener problemas con el ADN, antes de que saliera de la panza de mi mamá, antes de que durmiera en la cuna en el cuarto de al lado del mío.

—¿Puedo tocarlo? —pregunté.

—Todavía no. Aún no lo terminan.

Cuando miré con más detenimiento, vi pequeñas cuadrillas de avispas que se movían sobre el bebé: en una uña que no estaba completa, o el lóbulo de una oreja, y estaban regurgitando material por la boca para esculpirlo en forma de lo que necesitara el cuerpo del bebé.

Observé estos pequeños lugares de construcción, fascinado, y todos los pensamientos que había en mi mente, esos agudos pinchos de estática, de alguna forma se fundieron en un estanque perfectamente calmado. Dentro de mí había pura tranquilidad.

—La etapa de crisálida es muy minuciosa y completa —dijo la reina—, pero siempre quedan algunos detallitos por pulir. Unos cuantos cabos sueltos. Nos gusta tomarnos nuestro tiempo y asegurarnos de que todo está bien antes de dejarlo en su lugar. ¡Excelente labor, señoritas! ¡Bien hecho! —les dijo a las obreras.

Ellas parecieron no oír, o al menos no respondieron de ninguna forma. Quizá no podían hablar.

—Es increíble —dije.

—¡Gracias! Mucha gente no aprecia verdaderamente nuestra destreza. No se dan cuenta de todo el trabajo que implica. No observan con la suficiente atención, ¿cierto? Me gusta pensar que somos como albañiles. Como los que construyeron las grandes catedrales o las pirámides. Requería que miles de ellos trabajaran en equipo, y a veces se tomaban décadas para terminar.

La reina se volvió y habló nuevamente para sus obreras.

—Fabuloso, señoritas. ¡Sigan esforzándose como hasta ahora!

De nuevo, no le hicieron el menor caso.

—Es importante mantener el ánimo en alto —me confió—. No reciben muchos elogios, así que es bueno para la moral. Si quieres, diles algo, les servirá para sentirse bien.

Con torpeza dije:

—¡Buen trabajo!

La reina me dijo más bajito:

—No viven mucho, ya sabes. Unas cuantas semanas. Pero tienen muchísima energía. Dedican su vida entera a este proyecto: a ti y a tu familia. Y mira, aquí está. El bebé Theo. Dime si no es él, nada más que sin esos desafortunados problemillas.

Recordé lo que Mamá había dicho, de su sueño, de que habían cometido un error en el hospital y le habían entregado el bebé equivocado, y luego le habían traído el verdadero.

—Cuando acepté, ¿a qué dije que sí, exactamente?

—Ah, me da gusto que lo preguntes. Cuando tu bebé esté listo, necesitaremos meterlo en la casa y ponerlo en su cuna.

—¿Y cómo van a hacerlo?

—Pues tú nos ayudarás. Fue a eso a lo que accediste. Cuando finalmente estemos listos, todo lo que tendrás que hacer es abrir la ventana del cuarto del bebé y retirar la malla del mosquitero. Tan sólo eso. Nosotras nos encargaremos del resto. No es nada particularmente difícil, ¿cierto? Sólo abrir la ventana y quitar el mosquitero. Abrir la ventana y quitar el mosquitero.

—Abrir la ventana y quitar el mosquitero —repetí.

—Exacto.

—¿Y qué pasará con nuestro bebé? —pregunté.

—Ya vas a empezar otra vez —sermoneó la reina.

—Lo van a operar en estos días —dije.

—Eso no va a suceder —respondió ella—. Ese bebé no vivirá.

Tragué en seco.

—¿Está segura?

—Lo estoy, y tú también. Ya tomaste tu decisión, Steven. Puedes tener tu bebé sano o nada de bebé. ¿Cuál alternativa crees que sea mejor para tu familia? ¡Eso es algo que ni siquiera hace falta pensar! Una decisión normalmente requiere algo de reflexión, un cierto debate. Tú ni te paraste a pensarlo. Es algo o nada. Pero sí tenemos que entregar al bebé nuevo antes de que el viejo muera.

Pensé en la tristeza de Papá y Mamá si el bebé muriera. No sería capaz de soportarla sabiéndome capaz de evitarla. Así que apreté las mandíbulas y me dije que esto era tan sólo un sueño.

—Nada de esto tiene la menor importancia.

La reina ladeó la cabeza sorprendida.

—¿Que no tiene importancia?

—Sí, es sólo un sueño. Nada más que mi imaginación.

—Está bien, Steven —dijo—. Sé que todo esto debe ser muy difícil para ti —me acarició con sus antenas, y de alguna manera sentí que me disculpaba—. Cualquiera tendría problemas en tu situación. ¿Quieres que te ayude a saber si esto es real o no?

Asentí.

—Pero claro que sí. Muy bien.

Con rapidez se me acercó y me mordió. Grité cuando sentí ambos lados de sus mandíbulas cortando la piel de mi mano.

—Lo siento mucho, pero así ya podrás confirmarlo —dijo con dulzura.

Tomé la mano lastimada con la otra, y el dolor me invadió. La oscuridad me envolvió y, por primera vez en mucho tiempo, sentí que todo iba a estar bien.

A la luz de la mañana siguiente, vi en el dorso de mi mano dos heridas diminutas.

A la hora del desayuno le dije a Papá:

—Me siento un poco mal por derribar el nido.

Estaba untándole mantequilla a su pan y levantó la vista:

—¿Estás bromeando?

Una vez despierto, había mirado las dos heridas diminutas. Me asustó que pudiera tener una reacción alérgica, pero luego recordé que había sido una mordida y no una picadura. No me había inyectado veneno. Busqué por toda mi cama algo puntiagudo con lo que me hubiera podido golpear la mano. No hallé nada. Sabía cómo me había hecho esas marcas, pero no podía contarles a Papá y a Mamá. Dirían que había mil explicaciones. Que una araña o algún otro bicho me habría mordido durante la noche. O que me habría golpeado con algo sin darme cuenta. Ya sabía lo que iban a decir.

Pero la reina me había dado una prueba, tal como lo había prometido. Mis sueños eran reales. El nido era de verdad. El bebé que estaban haciendo dentro del nido era real. Pero el exterminador venía en dos días, ¿qué iba a suceder si las avispas no lograban terminar de hacer el bebé a tiempo?

—Pues empecé a preguntarme si sería lo correcto —le dije a Papá, tratando de sonar calmado—. O sea, interferiríamos con la naturaleza. Ellas pasaron mucho tiempo haciendo su nido y poniendo sus huevos. Y no es que sean una plaga, porque también polinizan flores y plantas.

—Ajá.

—Son una parte importante del ecosistema.

—¿Vanessa te ha estado diciendo todo eso?

—¡No! Bueno, ella nos contó unas cuantas cosas sobre las avispas, pero no dijo que debíamos dejar intacto el nido. Es sólo que… no me gusta la idea de matar tantas avispas, y todo nada más por mí.

Papá suspiró y miró al otro extremo de la cocina, a Mamá, que estaba luchando con la cafetera:

—¿Sí oyes lo que está diciendo?

—Eres alérgico, Steve —intervino ella.

—Pero ya tengo la epinefrina. Y prometo que no me va a dar un ataque de pánico si una avispa me revolotea alrededor. En serio, ya no me dan miedo.

—Eso es fantástico —opinó Mamá—, pero sigo pensando que lo del exterminador es una buena idea.

—Ya cité al señor. Viene el viernes —agregó Papá.

—Puedo cancelarlo, si quieres. ¿Cómo se llama la compañía? Yo me encargo de llamar.

Papá me miró detenidamente, y supe que había llegado demasiado lejos. Que mi petición había sonado demasiado apremiante.

—Dejemos las cosas así, ¿te parece? —dijo Papá—. Tengo que irme al trabajo.

Asentí.

—Sí, claro.

Después de comer, Mamá se fue al hospital con el bebé, para reunirse con el equipo de cirugía que lo iba a operar. Vanessa estaba con nosotros. No podía hacer nada mientras Mamá estaba en casa, pero apenas se fue, subí a buscar en su habitación. Allí tenían un viejo escritorio verde en el que guardaban todas las cuentas y otras cosas aburridas, y suponía que el nombre del exterminador debía estar también allí.

Había toneladas de papelitos, casi todos relacionadas con el bebé y médicos, y anotaciones de horas y direcciones y teléfonos, pero no pude encontrar nada que pareciera relacionado con el exterminador. En uno de los cajones encontré la guía telefónica y, al sacarla, vi que debajo estaba el cuchillo.

De sólo verlo, me asusté. Su extraña curvatura. Pero no pude evitar tomarlo y cerrar mis dedos alrededor del mango y sentir lo bien que se adaptaba a mi mano. La necesidad de palpar la hoja y el filo era imposible de resistir. ¡Podía cortar tanto y tan profundo!

Tomé aire y lo devolví al cajón. Abrí la guía telefónica buscando la sección de *Exterminadores de plagas*. Ocupaba muchas páginas y ninguna de las que se anunciaban estaba señalada ni subrayada. Iba a tomar una eternidad llamar a todas...

—¡Steven!

Era la voz de Nicole, que me llamaba desde abajo.

—¿Dónde estás? —gritó.

Metí la guía amarilla en el cajón y lo cerré de un empujón.

—¡Aquí arriba!

—¡Te llaman por teléfono!

El teléfono no había timbrado.

—¡Steven!

—Sí, bueno, ya voy.

Nicole estaba esperándome al pie de la escalera, con el auricular del teléfono de juguete en la mano.

Vanessa sonrió:

—Creo que es el señor Nadie.

—Quiere hablar contigo —agregó Nicole.

Yo no estaba de ánimo.

—Habla tú con él, Nicole.

—Dice que necesita hablar contigo.

Eso nunca había sucedido antes. No era parte del juego. No quería más rarezas a mi alrededor. Ya tenía a mi raro hermanito descompuesto, mis sueños raros, las avispas raras. No necesitaba también una hermana rara.

—No más señor Nadie, Nicole, ¿está bien? A nadie le importa el señor Nadie.

Se rio.

—¡Qué chistoso! Dijiste *A nadie le importa el señor Nadie*... o sea...

—¡Cállate, Nicole!

Mi hermana no me respondió con un *Cállate tú*, sólo siguió mirándome con sus grandes ojos cafés, sosteniendo el teléfono de juguete frente a mí.

—Oye, Steven, anda —dijo Vanessa, e hizo un gesto con la cabeza invitándome a seguir con el juego.

Mientras bajaba, mis pies no parecían tocar los escalones. El teléfono se sentía tibio por la mano de Nicole. Me lo llevé a la oreja y me sentí enojado y tonto a la vez. Sólo silencio.

—No hay nadie al otro lado —dije.

—¡Tienes que saludar, Steven! —dijo ella solemnemente—. ¡Qué modales tienes!

No era sino un simple juego, y yo no había pasado mucho tiempo jugando con Nicole, y de repente me sentí mal por estar ahí, contestándole de mala manera.

—Está bien. ¿Hola? ¿Señor Nadie? Soy Steve —miré a Nicole, que parecía querer que yo siguiera con el juego—. *Qué amable es usted al llamar. Sí, estoy muy bien, gracias. ¿Cómo está usted?*

—*Preocupado por ti* —resonó una voz en mi oído.

El tono recordaba más bien una pieza de metal que alguien sostuviera contra una piedra de afilar, áspera y aguda al mismo tiempo. No era como ninguna voz humana que yo hubiera oído antes. El teléfono estaba soldado a mi mano, no podía soltarlo. Tragué saliva, pero me atraganté con ella y tosí.

—*Vas a necesitar el cuchillo* —dijo la voz.

Esta vez logré arrancarme el auricular de la oreja.

—¿Qué es esto? —grité—. ¡Este juego es absurdo, Nicole!

—Te dije —contestó ella, tomando el auricular de mi mano y poniéndolo sobre el teléfono.

—¿Está todo bien, Steve? —preguntó Vanessa.

Fui rápidamente hacia el baño y me encerré. Me tambaleé frente al retrete, tratando de respirar y sintiendo que mi garganta se cerraba. Finalmente, me incliné sobre la taza y traté de vomitar, pero nada salió de mi boca. Forcé otra arcada, y otra, para escupir por completo el ácido que sentía.

Vanessa llamó a la puerta:

—Steve, ¿estás bien?

Me restregué las manos con fuerza bajo el chorro de agua caliente. Quería lavarme a fondo del contacto con el teléfono. Después, traté de secarme las manos con palmaditas en lugar de con la toalla, para no maltratarme la piel. Si Mamá me veía con las manos rojas y agrietadas, diría algo y miraría preocupada a Papá. Encontré crema de manos en el gabinete del baño y me puse una buena cantidad.

—Te ves algo mal —dijo Vanessa cuando salí.

—No es más que estómago descompuesto. A veces me pongo así. Estoy bien. No les vayas a decir nada a Papá o Mamá.

No dijo nada.

—Vanessa, si les cuentas algo, le diré a Papá que me estuviste explicando más cosas de las avispas y te va a despedir.

Me miró herida, sacudió la cabeza de lado a lado, como dando a entender que no sabía por qué me comportaba así.

—Bueno, si así lo quieres.

—Así lo quiero.

Mamá regresó del hospital más tarde, y venía sonriendo.

—Dijeron que el bebé va muchísimo mejor —comentó—. Que está más recuperado y programaron la operación para el sábado en la mañana.

A lo largo de toda la cena Papá y Mamá y Nicole estuvieron muy alegres y yo mantuve una sonrisa dibujada a la fuerza en mi cara. Sentía que mi cabeza iba a explotar y a separarse de mis hombros. Ya no sabía qué pensar de nada. Había oído voces saliendo de un teléfono de juguete. El bebé estaba más fuerte y no más débil, como la reina me había dicho. Había dicho también que nunca estaría suficientemente bien como para una operación. No sabía si ella o los médicos estaban mintiendo. Pero no podía decirles nada a Papá y Mamá porque, si lo hacía, me iban a llevar directamente a urgencias, y allá me rellenarían de drogas y entonces no podría hacer nada relacionado con el bebé.

Me sentí destrozado, en pedazos.

A Nicole todavía le gustaba que yo le diera las buenas noches en su cama. Después de Papá y Mamá, era mi turno.

—¡Hola! —susurré, arrodillándome junto a su cama—. ¿Hace mucho que conversas con el señor Nadie?

Frunció el entrecejo:

—No tanto. Tú lo oíste, ¿cierto?

—¿Y de verdad te habla? —pregunté—. ¿Así como yo te hablo ahora?

Asintió.

—¿No te lo estás imaginando?

Contestó con cierto desdén:

—Yo sé bien lo que es imaginarse algo.

—Está bien —me sentí algo mejor. O mi hermanita estaba chiflada también o ninguno de los dos lo
estaba.

—¿Y qué te cuenta el señor Nadie?

—Me dice cosas como *Ten cuidado. Vigila a las avispas. Cuida a tu hermanito. Mira que tu hermano mayor
esté bien.*

Parpadeé:

—¿En serio?

—Ajá. Entonces, ¿estás bien?

A duras penas logré no soltar la carcajada.

—Supongo que sí. ¿Y quién es el señor Nadie?

Nicole se encogió de hombros.

—¿Puedes llamarlo tú?

Negó con la cabeza.

—Traté una vez, pero sólo él me puede llamar.

—Pero nunca oigo sonar el teléfono.

—Yo lo oigo.

—Nadie más que tú.

A Nicole no parecía importarle eso.

—Es un timbre especial. Y es que ustedes no ponen
atención.

—¿Te dice algo de las avispas?

—Dice que pueden lastimar de verdad al bebé, pero que tú lo vas a proteger.

Se arrebujó en las cobijas.

—Ahora tápame.

La cubrí hasta los hombros y la barbilla.

—Es mi nido —dijo ella, feliz.

*E*staba muy oscuro dentro del nido y el olor me golpeó de inmediato: peste de establo, de excremento de pollos y estiércol de cerdos. Y estaba consciente del bebé sobre mi cabeza, encerrado entre las paredes, pero no quería mirarlo.

—¡Ah, ahí estás! —dijo la reina—. ¿No te parece emocionante? Ya casi está listo. ¡Mira!

Miré, sin muchas ganas. De alguna manera el bebé se había dado la vuelta en el nido y pendía cabeza abajo, con el trasero hacia el techo y su calva cabeza muy cerca de mí. En el momento en que vi su cara, el olor a gallinero desapareció y lo reemplazó un perfume delicioso: el de la cabeza de Theo después del baño, un olor tan intenso que obligaba a que uno quisiera besarle la cabeza una y otra vez.

—Estás haciendo algo… —le dije a la reina—. Cambias los olores. Algo relacionado con las feromonas.

—¡Feromonas! Ésa es una gran palabra, bien hecho. ¿Quién te ha hablado de las feromonas?

—Vanessa —y de inmediato me arrepentí de haber mencionado su nombre. No me gustaba que las avispas estuvieran enteradas de todas las personas cercanas a mí.

—¡Es una chica lista! Pero todos producimos feromonas. ¿Cómo sabes que no son las tuyas? ¿Que el bebé te hace producirlas para indicarte que debes amarlo y cuidarlo?

Tenía una cabeza perfecta, una nariz perfecta y unos labios curvos perfectos. Y desde ese momento, unas pestañas largas y bellas.

—Pareces agitado, Steven —dijo la reina y me rozó la cara—. Cuéntame tus penas.

—Recibí una llamada.

—No me sorprende para nada —replicó con calma—. Esperaba que lo hiciera desde antes.

—¿Sabe quién es?

—Es uno de muchos. No es nada, pura oscuridad. Es un buscapleitos que no está de acuerdo con nuestra labor.

—Dijo...

—Miente. Y no es tu amigo, Steven. Es tu pesadilla. Es un acosador que acecha desde el pie de las camas de los niños.

Un relámpago de terror me recorrió.

—Sí, a lo mejor…

—¡Con toda seguridad! ¿Tienes algún otro problema?

—Está mucho mejor —le dije a la reina.

—Disculpa, ¿quién?

—Nuestro bebé, Theo.

—No lo creo.

—Programaron la operación para el sábado. ¡Ya está mucho más recuperado!

—Bueno, de cualquier forma, eso ya no importa.

Moví la cabeza sin entender.

—Pero dijiste que iba a morirse antes.

—No podemos saberlo todo, Steven.

Miré al hermoso bebé que pendía del techo del nido. Miré mis pies. Pensé en Theo en su cuna, fortaleciéndose cada día.

—Entonces, cambié de parecer —dije.

La reina se quedó en silencio, mirándome con sus enormes ojos compuestos.

—¿Disculpa?

—Que ya no acepto, que ya no digo que *sí*.

Me miró.

—Cometí un error —le dije.

—Una vez que aceptas, no puedes retractarte.

—Bueno, fue un error, nada más.

—Una vez que aceptas, no puedes retractarte —sonó exasperada.

—¿Quién lo dice?

—Así es como son las cosas.

—¿Y quién pone esas reglas?

—¡Pues no seré yo!

—Entonces, ¿quién?

La reina agitó sus antenas irritada.

—¿Quién? —exigí saber.

—Estás levantándome la voz.

—¡Me mintió! Dijo que el bebé iba a morirse y que ésta sería la única manera en que podríamos tener a nuestro bebé.

—Me estás gritando otra vez, Steven. Estás alterado. Respira profundo, anda, tal como te enseñó el doctor Brown. Como si tuvieras un globo en el estómago. Infla ese globo.

—¡Puede ser que el bebé no muera!

—Ésas son nimiedades —dijo la reina—. Supongamos que el bebé sobrevive a la operación, lo cual es una posibilidad muy remota, si quieres mi opinión experta y honesta. Supongamos que resiste, entonces, ¿y luego qué?

—¿A qué se refiere?

—A que su corazón defectuoso no es sino el principio, la punta del iceberg. La vida va a ser muy difícil para él. Habrá sufrimiento para él y para toda la familia. ¿Crees que será divertido tener un pequeño fenómeno por hermano? Mira que te estoy diciendo la verdad. Tal vez no te guste tu hermanito fenómeno.

Tal vez no les guste a tus amigos. A lo mejor no van a querer venir a tu casa.

Mis amigos no venían a mi casa mucho, en todo caso. Tampoco es que tuviera un montón de amigos.

—Puede ser que el bebé no logre caminar. Que no hable. Que no pueda comer por sí solo. Que no consiga pensar bien. Que jamás aprenda a ir al baño, y estarías tú teniendo que limpiar lo que ensucie por el resto de tu vida.

—¡No puede saber qué va a pasar!

—Ay, perdóname, ¿y tú sí?

—No, nadie puede. No hay sino…

—No hay sino que esperar y ver qué pasa, ya lo sé. Esperar. ¿Y para qué? ¿Sobre todo cuando puedes arreglar todo de raíz? ¿Quién rechaza un regalo semejante? ¿Eres una especie de Grinch o qué?

En ese instante el bebé abrió los ojos y me miró. Era una mirada tan clara y pura que era imposible no mirarlo también.

—Es perfecto, ¿no te parece? —preguntó la reina.

—¿Sí? —pregunté, un poco aturdido por la belleza del bebé.

—Por supuesto. Si no, ¿de qué serviría? ¿Para qué tomarnos tanto trabajo?

—Nadie es perfecto —respondí, pero ya no estaba tan seguro de eso.

—¡Ay, no! —las antenas de la reina se agitaron y los pelillos alrededor de su cara brillaron con la luz—. Ahí es donde te equivocas. Ésa es la vieja manera de pensar. He estado mucho tiempo en esto, y algunos de mis bebés han marcado la diferencia. Se convirtieron en líderes y visionarios que hicieron cosas notables. Y aunque pueda sonar jactancioso, diría que algunos de mis bebés han llegado para cambiar el mundo. Pero éste es el mejor hasta el momento. Es mi obra maestra, creo. Y eso es lo que te ofrezco, este bebé perfecto.

—¿Y qué pasará con el nuestro? —pregunté.

—Ah, ya veo. ¿Te parece que no tenemos corazón?

Se mecía hacia un lado y otro, sin parar, y alcancé a verle el abdomen y, en el extremo final, el aguijón: la espina más delgada y filuda. En la punta había una pequeña gota de veneno.

—¿Te parece que somos crueles y no tenemos corazón? ¿Y quién iba a rechazar a un bebé sano y perfecto? Además, uno muy, muy inteligente. Su coeficiente intelectual va a superar los topes conocidos. Un bebé que no se va a enfermar, que no tendrá miedo o ansiedad, que no va a sentirse solo o deprimido. Una persona valiente y con coraje. Alguien que puede convertir el mundo en un lugar mejor. Eso es lo que te vamos a dar. Es como un regalo anticipado de Navidad. Lo que todos los padres quisieran. Míralo, Steven, ni siquiera lo estás mirando.

—¡No quiero verlo!

—¿Cómo puedes decir eso? —preguntó con una tristeza tan genuina que sentí vergüenza—. Lo oíste llorar, has visto sus pestañas. Te tiene en su interior.

Con horror recordé que la reina me había picado y había tomado algo de mi ADN para el nuevo bebé. Miré sus ojos, tan tranquilos y serenos. Todos mis pensamientos empezaron a quemarse y a echar chispas, como la punta de un fusible.

—¿Me estás diciendo que no quieres que este bebé nazca? —preguntó la reina—. Es tu hermano y quiere nacer.

—¡Que nazca! Pero ¿por qué tiene que reemplazar a Theo? —grité por encima de todo el ruido que había en mi cabeza—. ¡No es justo! Denle éste a alguien más. ¡Que ambos vivan!

El abdomen de la reina se movió.

—No seas absurdo. ¿Crees que podemos dejarlo en una canasta a la puerta de cualquiera? Este bebé está destinado a ti y a tu familia. Además, Steven, estás olvidando lo más importante: hay un solo bebé.

—¡Son dos!

—¡Es sólo uno, y nada más que uno vivirá!

—¡Yo no pedí nada de esto! —grité furibundo—. ¡Nada! —de repente empecé a sollozar y la cara se me cubrió de lágrimas y mocos—. ¡No es justo! ¡Yo no quería esto! ¡No lo pedí!

—Por supuesto que no —dijo, acariciándome el rostro—. Claro que no lo pediste, pero aquí estamos y las cosas serían mucho más fáciles si fueras sincero contigo, Steven.

Retrocedí un paso:

—¿A qué se refiere?

—¿De verdad disfrutas tanto de tus miedos? Todas tus pesadillas, todas tus listas y preocupaciones. ¿Te divierte todo eso? No lo creo. Supón que hubiéramos podido ayudarte.

—Sustituirme, querrá decir.

—Ay, ay, ay, siempre volvemos al problema de esos términos tan tontos que usas. ¿No te parecería mejor ser normal y dormir sin tener que esconderte bajo las cobijas, deseando que el piso se abra y te trague?

—Ya no hago eso —mentí. Odiaba que ella supiera tanto de mí. Me hacía sentir invadido.

—Lo sé todo sobre ti, hasta los detalles más pequeños, desde el día que te clavé mi aguijón. Y todavía estamos a tiempo de ayudarte, ¿sabes? Tu caso no es tan grave. Podríamos hacer algunos ajustes.

—¿Ajustes?

—Un apretoncito aquí, una vuelta más allá, y así te ayudaríamos a ser más quien realmente eres, el que quieres llegar a ser de verdad. Sólo tienes que ayudarnos.

Sentí que me dolía el pecho de sólo pensarlo: ser normal, ser quien realmente quisiera ser.

—¿Podrían lograr eso? —pregunté.

—Sin problemas —me acarició el semblante. Se lo permití.

—Abro la ventana, retiro el mosquitero, y ustedes entran y...

—Sí, entramos y nos llevamos al bebé con mucho cuidado. Se necesitarán muchas de nosotras para cargarlo, pero somos muy fuertes, increíblemente fuertes, cuando volamos todas a la vez. Conseguimos soportar mucho.

Me acordé de la avispa que había visto en la mesa de afuera y cómo había levantado esa enorme araña muerta.

—Depositaremos al bebé en su cuna, lo taparemos con su cobija y allí lo dejaremos.

—¿Y después qué? —pregunté.

Necesitaba enterarme de todo, de cada paso. Miré de nuevo los ojos abiertos del bebé. Había algo más en ellos que no lograba describir. No era inocencia. Este bebé no estaba esperando aprender la diferencia entre lo que está bien y lo que está mal, entre amar y odiar. Ya la conocía. Ya venía con las respuestas a todo. No había nada débil en él, nada podría hacerlo sufrir.

—Pondremos a Theo en su cuna —decía la reina—, y después le daré un leve piquetazo con el aguijón, parecido a la palmada que les dan a los recién nacidos en el traserito para que empiecen a respirar y comiencen su vida con paso firme.

—¿Y el otro bebé?

—¿Cuál otro bebé? —preguntó la reina.

—¡Deje de hacer eso! ¡Pues Theo, el que ya está allí en su cuna!

—Al irnos, recogemos las piezas descompuestas y nos las llevamos.

—¿Piezas descompuestas?

—Sí, ¿para qué las iban a querer? No es más que material de desecho. Siempre dejamos limpio el lugar en el que trabajamos. ¿No han tenido trabajadores en casa que se marchan dejando desorden y suciedad? Es terrible. Basura y desechos y trozos de cosas que no utilizaron. Pues nosotras no somos así. Dejamos todo tal como lo encontramos, sólo que en mucho mejor estado.

—No, no... No está bien así —me aparté de las antenas de la reina, pero ella me siguió hasta tocarme de nuevo—. No pueden llevarse a nuestro bebé como si fuera desechos. No es lo correcto.

—Si te preocupa, a todo le damos buen uso —replicó indignada.

—¿Qué quieres decir?

—Que lo llevamos de vuelta al nido.

Por unos instantes sentí alivio, e ingenuamente pregunté:

—¿Y allí lo cuidan?

—No, no. Las obreras se lo comen. Han trabajado como esclavas, ¿sabes? ¡Tú mismo has visto lo duro que trabajan! Se merecen una recompensa. Es lo justo. Y con eso se dan un buen banquete.

El bebé me sonrió. A lo mejor era una mueca provocada por un gas, o quizá soñaba con su propia gloria aun desde antes de nacer, pero yo supe con toda certeza que a este bebé tan perfecto nuestro pequeño Theo no le importaba un comino. Que ni yo ni nadie le preocuparíamos jamás. Y nunca lo haría porque era tan perfecto que jamás entendería la imperfección. Jamás conocería la debilidad o el miedo.

Pero yo sí, porque yo también estaba descompuesto por dentro. Y en ese momento decidí que este bebé perfecto nunca sustituiría a mi hermano.

—No voy a ayudarles —dije.

—¡Por favor, pero si tenemos un contrato!

—¡Yo no firmé nada!

—No era necesario. Una aceptación de palabra sigue siendo un contrato, y nosotros cumplimos lo que prometemos, ¿cierto? Si no, ¿dónde estaríamos? Si la gente dijera sí cuando en realidad pensaba en no, o no cuando prefería decir que sí... Así es imposible que funcione una sociedad. Y queremos una sociedad organizada que respete las normas. Por eso hacemos a nuestros bebés tan perfectos. Sólo un bebé perfecto puede convertir en perfecta a una sociedad.

—No voy a ayudarles —grité—. ¡Ya no acepto!

Esperé que se enojara y me mostrara de nuevo su aguijón y que sacara una gota aún más grande de veneno. ¿Por qué no me había picado antes? La única respuesta que se me venía a la cabeza es que me necesitaba. Como ella misma dijo, no podían lograrlo sin mí.

—Steven, si no nos ayudas, el bebé morirá.

—¡No! Si les ayudo, ¡nuestro bebé morirá!

—Este bebé es tu bebé. ¿Por qué te cuesta tanto entenderlo? Éste es tu bebé, sólo que sano, sano sin problemas ni defectos. ¡Es nuestro regalo para ustedes! Estás hiperventilando, Steven. Acuérdate, respira profundo, como te recomendó el doctor Brown.

—¡Les voy a contar a mis papás!

—¡Ah, caramba! ¡Pero qué ideas se te ocurren! Anda, ve y diles, yo te diré exactamente lo que sucederá: te llevarán de inmediato a un hospital psiquiátrico para que te examinen y te llenen las venas de sedantes y antipsicóticos, y empiecen a discutir qué diablos te pasa. Tal vez esquizofrenia, desorden de comportamiento bipolar, o quién sabe qué otra etiqueta se les ocurra para ti.

Sabía que tenía razón. Tenía que guardármelo todo para mí, bien enrollado y sellado como un capullo.

—Bueno —continuó la reina—, mañana es jueves, te buscaremos. Más vale que estés preparado.

*J*ueves en la tarde. Papá estaba en su trabajo y Mamá, reunida con algún grupo de apoyo para padres. Vanessa había salido a llevar a Nicole a una fiesta de cumpleaños y después tenía que hacer unos encargos antes de recogerla y traerla de regreso a casa. Yo estaba solo con el bebé.

Yo sabía que, fuera lo que fuera que planearan las avispas, sucedería en la noche y debía estar preparado. Theo dormía su siesta, y yo estaba abajo en la cocina, con el monitor encendido. Tenía lápiz y papel, y los miraba fijamente para tratar de hacer mi propio plan, intentando pensar en una lista de cosas que podrían ayudar y que yo pudiera necesitar.

Por el monitor oí una voz que me llamaba:

—*Steven.*

Dejé de respirar. El aire me formó un tapón en la garganta. Era su voz, la de la reina. Algo no andaba bien, no era de noche. Todavía no estaba soñando. Me obligué a llevar algo de aire a mis pulmones.

—*Steven.*

Cambié el canal del monitor. Se oyó un golpe de estática, y luego:

—*Llegó la hora, Steven. Abre la ventana del cuarto del bebé y retira el mosquitero.*

—No.

Ni siquiera sabía si podía oírme a través del receptor del monitor, pero dijo:

—*Estuviste de acuerdo, Steven.*

—Cambié de opinión, ¡se lo dije! ¿Cuántas veces tengo que repetirlo?

—*Tengo que insistir en que debes abrirnos la ventana, Steven. El bebé ya está listo. No querrás lastimarlo.*

Theo. Tomé el monitor y corrí escaleras arriba, hasta su habitación.

—¡Ah, qué buen muchacho! —dijo la reina por el monitor—. *Todo va a salir bien, ya verás. Y también podemos hacer algo por ti, como te lo prometí. Vas a estar mucho mejor. Ya no habrá más listas ni rezos ni lavadas de manos ni miedos.*

Theo dormía plácidamente en su cuna. Fui hasta la ventana, levanté la persiana y la dejé caer con un gemido. Tras el vidrio había un enjambre de avispas blancuzcas, tan denso como una nube. Alcanzaba a oír a lo lejos el zumbido de sus alas.

—*Sólo tienes que abrir la ventana ahora, Steven. Ya estamos listas para llevar a tu bebé adentro.*

Yo no estaba listo. Mis pensamientos eran como astillas de vidrio, filosas e inútiles. Respiré hondo, otra vez.

Salí a la carrera. Recorrí todos los cuartos del piso de arriba, revisando que todas las ventanas estuvieran cerradas. Bajé a toda prisa e hice lo mismo en las ventanas del piso de abajo. Habíamos tenido el aire acondicionado encendido sin parar desde hacía una semana, así que todas estaban cerradas, pero traté de asegurarme de que estuvieran lo mejor cerradas posible, forzándolas hacia abajo o tratando de darle un giro más a las palancas.

Subí corriendo al cuarto de Theo para vigilarlo. Seguía durmiendo tranquilo. A través de la ventana me llegó el sonido de un crujido lento. Al entreabrir las láminas de la persiana vi que el marco estaba cubierto de avispas y que estaban ajetreadas mordisqueando la madera, una mordida tras otra. Lo hacían con mucho método: una arrancaba un trozo y se hacía a un lado para que otra de sus compañeras ocupara su lugar y mordiera en el agujero que había quedado, para hacerlo más hondo y más ancho.

—*Podemos abrirnos paso con nuestras mandíbulas, Steven* —me llegó la voz de la reina por el monitor.

—Les tomará una eternidad —dije. Tenían que atravesar la ventana y luego la malla del mosquitero.

—*Somos muchísimas.*

Fui a mi cuarto corriendo y me puse unos jeans y los calcetines más gruesos que tenía. Tomé unos tenis que me llegaban más arriba del tobillo y me los até con fuerza para ajustarlos lo más posible. Me puse una sudadera y encima otra con capucha. Tomé mi mochila y bajé al sótano. Mi mirada voló por el estante polvoriento y desordenado en el que se guardaban los químicos y la pintura vieja y otros desechos. Tomé dos latas de insecticida y un matamoscas. Entre cajas ablandadas por la humedad y tinas plásticas encontré unos viejos *goggles* de natación, un par de guantes de jardinería con florecitas, y dos rollos de cinta adhesiva para ductos. Metí todo en la mochila. Del gabinete de medicamentos del piso de abajo saqué mi epinefrina y la puse también en la mochila, que me colgué en ambos hombros y luego la aseguré bien en la cintura.

Frente a cada ventana por la cual pasé vi el tenue revuelo de las avispas. Si me detenía, aunque fuera por un instante, se convertían en una masa más densa, cual retazos de nubes de tormenta. ¿Cómo era posible que hubiera tantas? ¿Me estarían siguiendo de una ventana a otra o en verdad eran millones, que cubrían la casa entera?

Pensé si podría envolver al bebé en una cobija y salir corriendo de la casa con algún vecino. ¿Me seguirían allá las avispas? Me asomé por la ventana estrecha y alta de la entrada. Ya estaban allí. En cuanto abriera la puerta, iban a abalanzarse sobre nosotros. Me picarían una y otra vez, y luego cargarían al bebé y se lo llevarían a su avispero para devorarlo.

Revisé la situación en la puerta de atrás. Era la misma.

Corrí arriba, al cuarto del bebé. Desde fuera de la ventana oí: *ris, ras, ris, ras*.

La tan conocida oleada caliente me recorrió. No lograba pensar con claridad. Alguien debía estar viéndolo, ¿o no? Afuera, alguien iba a darse cuenta de todas esas avispas revoloteando sobre la casa y llamaría a la policía o algo así. Aunque era posible que con sus cuerpos tan pálidos no fuera posible verlas desde la calle desde un coche a la pasada.

Levanté el teléfono del pasillo y llamé al número de emergencias. Me respondió un menú con varias opciones: ¿ambulancia? ¿Policía? ¿Bomberos? Escogí a los bomberos y tuve que esperar un poco. Cuando la operadora contestó, empecé a balbucear.

—Hay avispas alrededor de mi casa. Miles y miles. Y están tratando de meterse.

—¿Me dice que tiene un avispero activo en su casa?

—Miles y miles, y revolotean alrededor de la casa y tratan de meterse. Y tenemos un bebé…

A cada nueva palabra me daba perfecta cuenta de lo absurdo que debía oírme.

—Señor, disculpe pero este número es sólo para emergencias. Más bien parece que usted necesita llamarle a un exterminador.

—No me entiende… —y la llamada se cortó. Por un momento pensé que la mujer me había colgado pero cuando intenté llamar de nuevo, no había tono. Las avispas habían cortado el cable telefónico.

Volví al cuarto del bebé para revisarlo, *ris, ras, ris, ras*, y corrí a mi habitación en busca de mi celular. La batería estaba descargada. Empecé a aventar cosas por todas partes, tratando de dar con el cargador, cuando vi una avispa solitaria posada en la pared.

Silenciosamente me senté en la ventana y observé. Sólo era una. ¿Cómo se había metido? Muy despacio me zafé la mochila por el hombro derecho y la abrí lo suficiente como para sacar el matamoscas. La avispa no estaba muy arriba. Caminé veloz hacia la pared y la golpeé con toda el alma. Tres, cuatro golpes y cayó. La pisoteé con el talón y oí que su cuerpo crujía.

Al salir a toda prisa de mi cuarto, vi otras tres avispas en nuestro enorme aparato de aire acondicionado. Así estaban colándose a la casa. De alguna manera lograban pasar a través de las aspas de los ventiladores exteriores, en el techo, sin que las destrozaran, y luego seguían por los ductos para salir por la rejilla del pasillo. Tomé la lata de insecticida, las cubrí de espuma blanca tóxica y cayeron para luego pisotearlas.

Apagué el aire acondicionado, y las láminas de la rejilla automáticamente se cerraron, pero no sin que antes dos avispas se deslizaran dentro. Las aplasté y tapé la rejilla con cinta adhesiva. ¡Qué bien! Ya estábamos a salvo. Herméticamente sellados.

En el cuarto del bebé, *ris, ras, ris, ras.* Pero ninguna había llegado hasta allí. No se veían avispas en las paredes o el techo. Bajé a toda velocidad hasta el perchero de los abrigos en busca de la cangurera para el bebé. Corrí escaleras arriba tratando de ponérmela. Era complicado y me tomó un rato encontrar la manera de colocar los tirantes con la mochila ya puesta.

Con mucho cuidado saqué a Theo de su cuna y lo deslicé en la cangurera, contra mi pecho. Me costó un poco lograr meter sus piernitas blandengues en los agujeros adecuados, y luego sus bracitos. Se despertó levemente y empezó a hacer ruiditos, pero lo callé murmurando y meciéndome sobre mis pies. Tarareé las canciones que Mamá solía cantarme hasta que volvió a dormirse, con la boquita entreabierta como a la espera de comer.

Ajusté todos los tirantes y el soporte para su cabecita, de manera que no se le zarandeara y quedara cómodo. Ahora necesitaba estar conmigo. No podía dejarlo a solas ni por un instante.

Con el aire acondicionado apagado, la casa se estaba calentando. Pero me gustaba sentir el bultito de

Theo en mi pecho, su calor. Me ayudaba a sentirme menos solo. Era parte de mí y de alguna manera eso me hacía sentir más fuerte. Vanessa volvería pronto, o mis papás, y verían las avispas arremolinadas alrededor de la casa y llamarían buscando ayuda.

Ris, ras, ris, raaaaaaaas.

Entreabrí las láminas de la persiana. Se me revolvió el estómago. Afuera, las avispas se aglomeraban en tres o cuatro capas contra el vidrio y el marco de madera. A primera vista parecía un caos, pero rápidamente me di cuenta de cuánto estaban trabajando. En algunos lugares habían logrado abrir unos boquetes tan profundos en la madera que sólo se les veía la mitad trasera de su cuerpo.

—*Steven* —dijo la reina por el monitor, y me sobresalté. Me había olvidado por completo de ella—, *esto es bastante inconveniente para nosotras. Y muy desafortunado. Todavía podemos volver a los buenos términos si colaboras.*

Con el bebé contra el pecho, la mochila en la espalda, bajé para revisar las ventanas. Al igual que la vez anterior, tras unos instantes de asomarme, una nube oscura de avispas se arremolinaba en cada una, al acecho.

Seguí moviéndome, con la mirada barriendo paredes y techo, vigilante. Cuando regresé al pasillo de arriba, me quedé paralizado. Había cuatro, cinco, seis avispas en el techo, inmóviles. Del cuarto de huéspedes apareció una séptima, que caminó sobre el filo de la puerta para unirse a las demás.

Debía haber otro agujero en alguna parte, pero ¿dónde? Las ventanas estaban todas cerradas. ¿Por dónde entraban?

Las avispas estaban muy arriba como para alcanzarlas con el matamoscas, así que metí la mano en la pequeña abertura que había dejado en la mochila y saqué el insecticida. Lo alcé y las rocié de veneno. Ni siquiera intentaron alejarse. Eran obreras idiotas. Pero luego de pisotearlas, por seguridad, me di cuenta de que estaba abusando del insecticida. Que eran miles de avispas y yo sólo tenía dos latas.

Luché por controlar el pánico con frases breves.

Ten más cuidado.

Usa el matamoscas siempre que puedas.

El insecticida debe ser el último recurso.

Las avispas venían del cuarto de huéspedes. Con cautela entré y vi otra avispa que salía del vestidor. La aplasté con el matamoscas. Abrí la puerta y me pasé. Tiré de la cadenita para encender el foco. A ambos lados había hileras de prendas de vestir y, debajo, cajas con la ropa de invierno. En medio del techo había una compuerta. Nunca había pensado que nuestra casa tenía un ático. En realidad era un espacio en el que uno tenía que moverse a gatas. Hacía unos años que habían subido allí unos hombres a poner un poco de aislante.

Me quedé muy quieto un instante. No lograba oír nada, pero no me gustaba la pinta de esa compuerta. No parecía que cerrara bien. Las avispas debían haberse colado por las rendijas. En el piso, junto a los zapatos, había un banquito, pero no era lo suficientemente alto como para permitirme alcanzar la compuerta. Salí del vestidor para llevar una silla, y saqué la cinta adhesiva.

Parado sobre la silla, puse una tira de cinta sobre un lado de la compuerta, pero no quedaba firme. No ajustaba nada bien. Al intentar sellar el siguiente lado, empujé con demasiada fuerza y la compuerta se levantó y no volvió a encajar en su lugar. Traté de acomodarla en su sitio rápidamente, pero no era fácil con el bebé, la mochila y el corazón alborotado.

Para poder sujetar bien la compuerta, tuve que empujarla un poco hacia arriba, y la luz cruda de la lámpara se coló en el ático. Le eché un vistazo a las vigas oscuras, a trocitos de papel y de aislante que cubrían el suelo, y hacia la derecha me encontré algo tan fuera de lugar que me costó trabajo entender de qué se trataba.

Era como una montaña gris de excrementos de animal. Se elevaba desde el piso de madera en una serie de picos que llegaban hasta las vigas. A lo ancho de esta superficie como de papel del vasto nido había avispas blancuzcas. Miles, inmóviles, en silencio. Retrocedí tan rápido que casi me caí del asiento. Golpeé el foco de manera que se balanceó, iluminando y oscureciendo el ático, luz y sombra, luz y sombra, y ahí fue cuando empezó el sonido: un tremendo zumbido, tan furioso y fuerte que desterró casi cualquier pensamiento de mi cabeza.

Correr. Eso fue lo que quise hacer. Pero hice un último intento por colocar la compuerta en su lugar. No encajaba, no ajustaba, pero yo iba tapando lo que podía con tiras de cinta para todos lados, cortándola con los dientes, en un intento desenfrenado de sellar la compuerta.

No era suficiente. Las avispas empezaron a meterse por las rendijas y temí por mí y por Theo. Salté de la silla, protegiendo su cabecita con una mano, y se me cayó el rollo de cinta adhesiva. No había tiempo de agacharme a recuperarlo, demasiadas avispas revoloteaban, así que retrocedí fuera del vestidor y lo cerré de un portazo. Arranqué la cobija de la cama y taponé con ella la rendija inferior de la puerta. Alcancé a ver a las avispas que se metían por el filo de la puerta, a los lados y por arriba.

En el pasillo, cerré la puerta del cuarto de huéspedes y me zafé la mochila. Saqué el último rollo de cinta.

—¿Creíste que teníamos *sólo un nido*? —preguntó la reina desde el monitor del cuarto del bebé, con voz clara y firme—. ¿De dónde crees que venían todas mis obreras? Se requieren muchísimas obreras para construir un nido y alimentar a un bebé. Y más a *uno de este tamaño.*

Yo ya estaba sacando una tira de cinta para sellar la parte baja de la puerta, pero no se adhería muy bien al tapete del pasillo. Sentí náuseas de sólo pensar en la forma y el tamaño del nido, como algo que hubiera salido de una diabólica máquina de esas que sirven el helado sobre el cono, capa tras capa de materia viscosa que se había ido solidificando en el piso y produciendo pequeñas larvas y crisálidas y avispas.

Del monitor salió el alarido y el llanto de un bebé que ya quería nacer.

—Todo va a estar bien —dije, rozando la cabecita dormida de Theo.

Empecé a sellar el lado izquierdo de la puerta, pero llegué apenas a la mitad porque un chorro de avispas que se habían colado por las rendijas me alcanzó. Caí hacia atrás. Con la mano libre tomé el insecticida y apreté el botón del aerosol. Las rocié a todas con ganas, de manera que cayeron como si estuvieran cubiertas de cemento.

A toda prisa me puse los *goggles* y me ajusté los cordones de la capucha. Revisé que el borde de las perneras de los jeans cubriera bien los tobillos, por encima de los tenis. Los guantes de jardinería hacían a mis dedos un poco torpes, pero aún así era capaz de apretar el botón del aerosol.

—Perdóname, Theo —le dije tras fumigar una segunda oleada de avispas. Me sentí mal de pensar que lo estaba obligando a respirar todo ese insecticida con sus pulmoncitos, pero no me quedaba otra opción. No me atrevía a dejarlo en un sitio donde no pudiera verlo.

Oí el timbre de un teléfono en el cuarto de Nicole y pensé que debía ser mi imaginación. La línea telefónica estaba muerta. Las avispas habían cortado el cable. Pero cuando el timbre sonó otra vez, supe que era un sonido que no había oído nunca antes en la casa. Era más agudo, como una alarma de despertador antiguo, de esas que tienen dos campanitas y un martinete que las golpea. ¡El teléfono de juguete de Nicole!

¡Riiiiiing-riiiiiing! ¡Riiiiiing-riiiiiing!

Me sentí apremiado a contestar pero me preocupaba alejarme de la puerta y que demasiadas avispas lograran entrar y me atacaran. Seguí tratando de sellar y rociar con insecticida a las invasoras, pero no servía de mucho. Había demasiadas y cada vez entraban más. El insecticida empezó a agotarse, el aerosol ya no rociaba parejo. Al otro lado de la puerta del cuarto de huéspedes el zumbido iba en aumento, como el que hacen las chicharras al final del verano, antes de morir, el sonido del alto voltaje, del calor, de la muerte.

¡Riiiiiing-riiiiiing! ¡Riiiiiing-riiiiiing!

—*No vayas a contestar, Steven* —dijo la reina por el monitor.

Eso era lo que necesitaba oír. Con una rociada final de insecticida, dejé caer el recipiente vacío y me precipité al cuarto de Nicole. Vi el teléfono de juguete y levanté el auricular.

—*El cuchillo* —dijo una voz áspera como piedra de afilar.

—¿El cuchillo?

—*Úsalo* —rechinó la voz metálica.

—¿Y de qué me va a servir un cuchillo? —le grité.

—*Contrólate y tómalo.*

—¡Oiga, espere! —pero no se oyó nada más.

No importaba. Sabía exactamente de qué estaba hablando la voz, y me precipité a toda prisa rumbo al cuarto de mis papás, a su cajón. De un tirón extraje los directorios telefónicos y luego el cuchillo. El mango se ajustaba bien a mi mano.

Cuando me di vuelta, había una nube de avispas frente a mí. Instintivamente las repelí con el cuchillo, cortando el aire golpe tras golpe, sin saber si serviría de algo o no, hasta que vi los cuerpos partidos de las avispas que llovían sobre mis zapatos. El cuchillo había sido hecho a mi medida. Era como una guadaña imposiblemente filosa, y lo blandí de izquierda a derecha, cortando aquí y allá en movimiento zigzagueante hasta que no hubo una sola avispa frente a mí. Quedé jadeante y sudoroso, y triunfante.

—¡Vengan! —grité—. A ver… ¡vengan!

Con la mano libre alcancé la mochila y saqué el último bote de insecticida. Lo destapé y di unos pasos de regreso al pasillo, con el cuchillo levantado, hacia la puerta del cuarto de huéspedes donde se estaba juntando otra nube de avispas, y luego me detuve.

Del cuarto de Theo, al final del pasillo, venía un ruido como de cascabel. Alcanzaba a ver perfectamente la ventana, y la persiana cerrada se combaba como si la empujara un golpe de viento, para luego volver a caer sobre la malla del mosquitero. Con un crujido, la persiana cedió como si la hubieran pateado desde fuera. El mosquitero cayó al piso y las avispas entraron. Venían en un torrente gris primero por los bordes de la persiana y luego a través de ella, una vez que con sus mandíbulas la convirtieron en confeti.

Supe que, incluso con el cuchillo, no habría manera de defenderme de todas ellas, que ahora venían desde dos puntos. Corrí al baño de mis papás, cerré la puerta y aseguré el pasador. Dejé el cuchillo en el lavabo y me puse manos a la obra. Logré sellar la parte inferior de la puerta pues la cinta se adhirió bien al piso de azulejo, mucho mejor que al tapete del pasillo.

Seguí con el lado izquierdo de la puerta. Sellado. Listo. El derecho. Sellado. Listo. La parte de arriba.

Ésa era más difícil, no tenía en qué impulsarme para llegar hasta allá. Pero de alguna manera lo hice. Había puesto una capa de cinta alrededor de toda la puerta, y nada la atravesaba aún. No me detuve ahí. Puse una segunda capa de cinta, y luego una tercera. Bien. Nada aún. Contuve la respiración un momento y no oí más que silencio.

—Tú y yo vamos a estar bien —le dije a Theo.

Miré a mi alrededor. Observé el ducto del ventilador. Me paré sobre el retrete y lo sellé con tres capas de cinta. Estaba sudando a chorros. Sentía pequeños ríos que me corrían cuerpo abajo desde las axilas. Mi corazón funcionaba a todo vapor, y calentaba aún más el baño.

En la ventana había persianas blancas. Separé dos láminas y fue como asomarme a la niebla espesa. Un muro de avispas revoloteaba afuera, y escasamente alcanzaba a distinguir los tejados o los árboles a través de sus cuerpos translúcidos.

Empecé a sellar el marco de la ventana con cinta, y luego la propia malla de mosquitero, hasta que quedó completamente cubierta.

Para ese momento, me sentía un poco aturdido y me senté en el borde de la tina, acariciando la cabeza del bebé y haciéndole ruiditos reconfortantes, aunque éste seguía profundamente dormido. ¡Qué sueño tan profundo tenía nuestro Theo! Abrí mi mochila y saqué todos mis instrumentos para que estuvieran al alcance. El último bote de insecticida. El matamoscas. El último rollo de cinta adhesiva, que iba reduciéndose. Ojalá hubiera tenido unas barritas de granola. Me temblaban las manos. Fui al lavabo y tomé el cuchillo. De sólo tenerlo, me sentía más seguro.

Bebí algo de agua del grifo. Sellé el desagüe, por si acaso. Vigilé la parte de abajo de la puerta, para asegurarme de que nada entraba por ahí. Habría que esperar. Esperar a que alguien volviera a casa, o al menos que alguien de afuera viera la casa cubierta de avispas y alertara a otros. ¿Sería la policía? ¿Una ambulancia? ¿Los bomberos para atacarlas con chorros de sus mangueras? Pero ¿quién podría detenerlas de verdad? De sólo pensarlo, el corazón me latía con más fuerza. ¿Quién podría sacarlas de aquí a tiempo?

Alrededor de toda la puerta se oyó un rasqueteo seco. Puse otra capa de cinta, con la esperanza de retrasarlas un poco. Seguramente las patas se les pegarían en el pegamento y les dificultaría usar las mandíbulas. ¿O no?

Un olor muy penetrante invadió la casa, y no era el de mi cuerpo, ni del bebé que necesitara cambio de pañal. Era un olor que me resultaba familiar por mis sueños del nido. Una feromona. Un olor de avispa que la reina debía haber producido para comunicarse con todas sus obreras. Me pregunté si la reina ya estaría en la casa, dándoles órdenes con su perfume.

Apoyé mi jeringa de epinefrina sobre el borde del lavabo. El doctor me había mostrado cómo usarla. Clavarla en una pierna, pellizcando la carne, y cualquier zona estaría bien. Me pregunté para cuántas picaduras de avispa me serviría esa dosis.

Cascabeleo en el ducto del ventilador del baño. Puse otra capa de cinta. De pie sobre el retrete, pude ver cómo la cinta cedía en ciertos puntos a la presión de los diminutos cuerpos poderosos, y luego un par de pequeñas mandíbulas la perforaron. Sellé el agujerito con otra capa.

Al otro lado de la ventana el ruido fue aumentando hasta parecer un gruñido frenético. Era el sonido de la madera al despedazarse a mordiscos. Traté de distinguir en qué parte de la ventana se oía más fuerte y puse ahí lo que me quedaba de cinta. Ya se me había terminado.

—No te preocupes —le dije al bebé—. Vamos a estar bien.

Regresé junto a la pared, y me situé de pie, con el cuchillo en una mano y el bote de insecticida en la otra.

Esperé. Puse una toallita sobre la cabeza del bebé y la ajusté para que no le tapara la nariz o la boca, impidiéndole respirar.

Vi cómo la cinta en la parte inferior de la puerta empezaba a moverse. Vi una cabeza que asomaba tras perforarla, luego otra. Las pateé hasta que fueron demasiadas. Entonces, retrocedí y tomé con más fuerza el cuchillo.

Las iba partiendo a medida que se acercaban, con ese cuchillo tan increíblemente fino y filoso, tajando el aire y las avispas que hubieran en él. Pero esta vez era diferente, lo sabía. Eran más, y empujaban con más fuerza.

Rocié un constante flujo de insecticida y caí hacia atrás, para luego empezar a lanzar cuchilladas en todas direcciones, cortando avispas. Ahora también entraban en un denso torrente gris por el ducto del ventilador. Fumigué con más insecticida. Se dejaban venir en oleadas, y rocié veneno hasta que el aire se enturbió y yo empecé a toser y sentir arcadas. Me preocupó que el bebé pudiera asfixiarse.

La malla del mosquitero cayó y las avispas penetraron por la ventana. Me refugié en un rincón. Incluso a través de la neblina tóxica seguían viniendo, y ya no me quedaba defensa en el bote.

Yo lanzaba tajos aquí y allá con el cuchillo, pero eran demasiadas.

Me cubrían la ropa, los *goggles*. Tenía la capucha bien ajustada alrededor de la cara, pero las sentía sobre la tela, tratando de meterse. Las golpeé con el matamoscas para alejarlas del bebé, que ya se había despertado porque lo había tenido que golpear en la cabecita cuando las avispas se le posaron allí.

Sentí el primer piquete en un tobillo. Habían logrado meterse por debajo de mis jeans. Luego, un segundo piquete en la sien. Se habían colado en mi sudadera con capucha. Seguí atacándolas con el cuchillo, tratando de mantenerlas alejadas de mí y del bebé, pero mis intentos no servían de nada. El dolor me quemaba la muñeca derecha y la mano. El dolor fue tan intenso que dejé caer el cuchillo. Lo vi rebotar en el piso y después no lo vi más porque las avispas lo cubrieron.

Otro piquetazo. Esta vez estaban tratando de matarme. Ya no me necesitaban. Lo único que buscaban era al bebé. Mi ojo izquierdo se cerró por la hinchazón. Otro aguijonazo ardiente penetró en la mejilla. Me tambaleé hacia el lavabo, tomé mi jeringa de epinefrina y me quité el guante. En lo que me tomó inyectarme en la parte más carnosa de la muñeca, me debieron picar otras seis veces.

El corazón me palpitaba desbocado, como cacerolazos en el pecho. Empecé a pisotear a las avispas, a tratar de aplastarlas al restregar mi espalda contra las paredes. A triturarlas con mis puños hinchados. A hacer una danza frenética en la niebla. Si tan sólo pudiera ver el cuchillo.

No lograba respirar bien. Sentía el rostro abotagado. Y a duras penas alcanzaba a ver algo a través de los *goggles*. Sentí más piquetes, más.

Las cosas no iban bien, nada bien. Me habían picado por todas partes, me sentía inútil, y había tantísimas avispas. Me metí tambaleándome a la tina y cerré la cortina, como si eso sirviera para esquivarlas tan sólo un instante más. Me acurruqué en la tina y cubrí al bebé con mi cuerpo. Traté de encerrarlo herméticamente debajo de mí, rodeándolo con piernas y brazos, para que nada le llegara. Como si estuviera bien arropado en la cama y el piso pudiera abrirse y él se deslizara hacia abajo y una puerta se cerrara para bloquear cualquier cosa que pretendiera acercársele. Estaba a salvo.

Sentí que caían sobre mí, sobre mi espalda y mi cuello. Encontraban maneras de llegar hasta mi piel. Yo sólo trataba de mantenerme firme, como si mi cuerpo fuera un caparazón de tortuga que protegiera al bebé.

Me pareció oír un sonido más allá de la puerta del baño. No un zumbido ni un rasqueteo o chasquido, sino el tintineo de una campana. Y luego estaba ese otro ruido horrible, y me di cuenta de que era yo, luchando por meter aire a mis pulmones, como quien trata de respirar por un popote.

Y entonces, mi corazón se hinchó como un enorme globo de oscuridad.

Desperté lentamente, rodeado por paredes lisas y suaves, en un espacio estrecho y con techo bajo. Era como estar en cama, envuelto en un edredón que me cubriera hasta la cabeza. Exhalé y me sentí abrigado y seguro. Seguía todo acurrucado, con brazos y piernas bajo mi tronco y la cabeza inclinada. Como un bebé en el vientre de su madre.

El bebé.

Me di cuenta de que no tenía a Theo conmigo. Tanteé con la mano, buscándolo. Ya estaba más despierto. Me las arreglé para voltearme y quedar sobre mi espalda. Escasamente había espacio para hacerlo, por lo bajo que era el techo y las paredes tan estrechas. Cedían un poco, pero cuando empujé con más fuerza y traté de hundir las uñas en ellas resultaron increíblemente resistentes. Estaba oscuro y se veía apenas una luz grisácea. Al mirar hacia mis pies, vi una abertura hexagonal, y ocupando casi toda su área, la cabeza de la reina.

De sus mandíbulas salía una pasta densa y brillosa que iba añadiendo capa tras capa, para sellarme dentro de la celda.

—¡Hey! —grité, y traté de derribar a patadas la pared a medio levantar.

Ella se giró velozmente y metió su largo aguijón en la celda, goteando veneno. Retrocedí con rapidez. Ella continuó con su tarea.

—¿Dónde está el bebé? —grité.

Una de sus largas antenas serpenteó hacia el interior de la celda y tocó mi pie.

—El bebé está bien. Listo para nacer.

—Me refiero a mi bebé, ¡no al suyo!

—¿No te das cuenta de lo ridícula que es esta discusión? —dijo sin dejar de trabajar—. Y agotadora. Debes estar muy cansado, Steven. Estás peleando una batalla perdida. La gente miente y dice que no anhela la perfección, cuando en realidad sí lo hace. Quiere cuerpos y mentes perfectas, y sillas y autos y vacaciones cómodas, y novios y novias y mascotas y niños sin defectos. Niños, sobre todo. ¿Por qué mentimos y decimos que no es así? Porque nos da miedo que la gente piense que somos mezquinos o vanos o crueles. Pero eso es lo queremos. ¿Yo? Tan sólo ayudo a que eso se haga realidad. Al menos digo la verdad. Nada de mentiras, no señor.

—¡Déjeme salir!

—Tranquilízate, respira hondo y deja de resistirte. Deja de pelear.

—¡No vayan a lastimar a Theo!

—Me encantaría darte gusto, de verdad que sí, pero los engranajes se han puesto en movimiento. Hay personas que dieron su aceptación, acuerdos que se han hecho. Hay procedimientos por seguir.

—¡Voy a detenerlas! ¡Voy a destruir su avispero!

—Pues te va a resultar muy difícil porque estás muerto.

De inmediato sentí que mi pecho se colapsaba, como si estuviera hecho del mismo papel que el nido y se desmoronara hacia dentro.

—¿Qué?

—A nadie le gusta ser mensajero de malas noticias. Te ves verdaderamente molesto. Anda, no te lo tomes tan en serio. En realidad, ¿sabes qué? No estás muerto todavía. Sí inconsciente, pero aún alcanzo a distinguir un pulso. El tictac de latidos muy remotos, bastante irregulares. No te queda mucho tiempo. Te picaron abundantemente. Respira hondo, acuérdate. ¡Respira hondo! ¡Ahora!

—¡No me estoy muriendo! —grité y de repente me sentí frío hasta el tuétano. Pero como una especie de eco a través de mis brazos y piernas (¿o era tan sólo un recuerdo?), sentí mi corazón palpitando débil y erráticamente.

Durante ese rato, la reina había seguido construyendo su pared, y ya sólo quedaba visible un pedacito de su cara: sus ojos y sus antenas.

—Pero todavía puedes sernos útil, Steven —dijo—. No te preocupes. Una vez que el bebé estuvo terminado, solamente me quedaba una última cosa por hacer. ¿Sabes qué era?

—No —respondí jadeando.

—Poner un último huevo. Hacer una nueva reina.

Retiró su antena y capté un vistazo final de sus atareadas mandíbulas antes de que el hoyo quedara sellado.

Pateé la pared hexagonal, gritando.

—¡Déjenme salir! ¿Dónde está Theo? ¡Theo!

Pero nada cedió. Eran constructoras diestras estas avispas, y sin importar si yo estaba vivo o muerto ahora, no tenía fuerzas para destruir la celda y salir. A lo mejor ya me había muerto, porque me sentía muy cansado, aunque era un cansancio agradable. Como el que se siente luego de un día de verano de montar en bicicleta o de caminar en una excursión, con todas las extremidades pesadas y adoloridas.

Tras mi cabeza, la pared de la celda se movió. Estiré una mano, empujé y sentí algo que cedía un poco. Con un chispazo de esperanza, me di la vuelta torpemente y quedé bocabajo. Empujé con ambas manos y se hundieron hasta las muñecas en una pasta densa.

Gruñí con desagrado, quité las manos y traté de ver mejor la pared, que no era tal sino un saco que yo acababa de perforar. De él salió una sustancia viscosa. Adentro había algo blanco y sin forma definida, tan grande como yo. Sus dos ojos negros y redondos estaban fijos en mí, y debajo tenía un enorme hoyo que hacía de boca, bordeado de filamentos.

Grité e intenté retroceder, pero no tenía hacia dónde moverme. La celda era muy pequeña. Mis pies patearon la pared que la reina acababa de terminar, pero resistió el embate. Me había encerrado con su huevo, que ya se había incubado, y yo iba a ser el primer alimento de su larva.

Lentamente, iba reptando fuera de su saco, moviendo su pastoso y viscoso cuerpo cada vez más cerca de mí. La golpeé en la cara y se sorprendió, pero luego volvió a avanzar con la boca bien abierta, hambrienta.

Detrás de mí se oyó un fuerte chasquido. Volteé la cabeza con esfuerzo y vi algo afilado que perforaba la pared hexagonal y que abría un tajo de un extremo al otro. Sentí algo que empujaba mi cabeza y solté un grito. Al volverme, retrocedí, y vi la húmeda cara de la larva muy cerca de la mía, intentando que su boca encajara alrededor de mi cráneo. Me escabullí aún más lejos, haciéndome lo más pequeño que podía, y oí un segundo chasquido cerca de mis pies.

Dos tajos en diagonal en la pared dibujaban una x algo chueca. Una sombra oscura se metió por el centro y empezó a derrumbar la pared, pedazo por pedazo.

—¡Auxilio! —grité, a lo que fuera que intentaba entrar.

Sentí los filamentos de la larva que empezaban a probar su agarre en mi cráneo. Grité y la golpeé con los puños, pero la cosa era insensible e imparable. Algo me tomó por los tobillos y tiró de mí. Me arrastró fuera de la celda, lejos de la larva y su boca. Traté de ponerme de pie, y me di la vuelta.

Frente a mí estaba la figura de todas mis pesadillas. Era esa cosa a la que nunca miré, que se quedaba al acecho a los pies de mi cama. Pero ahora estaba ante mí y no podía dejar de verla. Sentí que la garganta se me cerraba con un nudo. No lograba respirar ni emitir un solo sonido.

No tenía cara en realidad. Apenas una insinuación de los rasgos, como los garabatos que hace un niño pequeño en un círculo. El resto ni siquiera tenía brazos o piernas, aunque en algún oscuro pliegue de su cuerpo vi relampaguear el cuchillo.

La oscura figura caminó hacia mí, y me puse tenso, a la espera de que la hoja más afilada del mundo me atravesara. Cerré los ojos cuando se levantó el cuchillo, pero se detuvo y pareció quedar flotando en el

aire. Alrededor del mango vi la difusa forma de una mano. Una mano con sólo cuatro dedos, extrañamente extendidos como una pinza o unos alicates.

—El afilador de cuchillos —dije.

—El señor Nadie —respondió él—. Tómalo.

Agradecido, recibí el cuchillo en mi mano.

—Debemos actuar rápido —dijo.

Me agarró y tiró de mí. Tenía que correr para ir a la par que él. Me di cuenta de que no estábamos en el avispero de la reina, el que estaba en el alero de mi casa, el del bebé. Éste era enorme, como una catedral plagada de pequeñas celdas vacías, una hilera tras otra, más y más alto. Estábamos en el avispero del ático.

—¿Adónde se fueron todas? —pregunté—. ¿Las avispas?

—Están preparándose para llevar a su bebé adentro y sacar al tuyo.

Íbamos a toda prisa por salientes estrechos, saltando sobre pequeños cañones formados por celdas. Yo no tenía idea de hacia dónde íbamos.

—Pero… ¿dónde estoy? ¿Dónde está mi cuerpo, el de verdad?

—En la tina. Inconsciente y agonizante.

—Pero no me he muerto aún —era una pregunta, pero también una afirmación.

—Sigues vivo.

Corrimos a través del laberinto que era el avispero. Él parecía saber adónde me llevaba.

—¿Y cómo es que está usted aquí? —le pregunté—. ¿Está usted...?

—¿Vivo? No. Casi siempre ando en los sueños de las personas. Tengo que decidir quién me ve y quién no. Apresúrate.

Lo recordé en nuestro jardín, el afilador con su cuchillo aterrador, pero nuestro vecino no lo había visto. Ni él ni ningún otro. Sólo nosotros. Una idea desconcertante se me vino a la mente.

—Ése a los pies de mi cama durante tantos años, ¿era usted? —pregunté.

—No. Eso no era más que tu propia imaginación.

—Ah, bueno.

—Sólo aparezco para alertar a las personas, si puedo.

—¿Alertarlas sobre las avispas?

Ahora que lo veía correr, le encontraba más forma... hombros, brazos, piernas.

—Sí.

—¿Y quién es usted en realidad? —pregunté.

—Tan sólo el señor Nadie. Fui sustituido.

Di un traspié, aturdido.

—Entonces... ¿esto le pasó a usted?

—Hace muchos años.

Una avispa se nos vino de frente. Saqué el cuchillo y la partí en dos.

—No estoy vivo —dijo el señor Nadie—. Escasamente alcancé a vivir. Las avispas pueden dispersarme. No puedo vencerlas. Sólo puedo darte el cuchillo y mostrarte el camino.

—¿Se refiere a la salida?

Habíamos llegado a la pared exterior del inmenso nido, y pude ver un estrecho túnel brillante que se abría a través de las vigas de nuestra casa. De repente me di cuenta de dónde estábamos.

—Éste va hacia el otro nido, ¿cierto?

—Sí.

—¿Y qué tenemos que hacer?

—El avispero no puede funcionar sin su reina.

—¿Y qué hay de Theo?

—Para salvarlo a él, tienes que matar a la reina.

—¿Yo?

—Tienes que ser tú. Yo soy nada.

Iba a gatas por el túnel. Lo seguí. Llegamos a un estrecho saliente, el lugar que se me había vuelto tan familiar tras tantas visitas. La luz entraba por el angosto agujero del fondo del nido. Pendiendo de lo alto estaba el bebé, con las piernas arriba, parpadeando y llorando. En la parte más alta, había una pequeña cuadrilla de avispas cortando con sus mandíbulas el tallo que ataba al bebé. Con el peso de éste, el tallo había empezado a romperse.

Y alrededor del bebé había un enjambre tan denso como una nube de tormenta, posándose sobre él y aleteando frenéticas para recibir su peso.

De repente, la reina apareció volando frente a nosotros, con el aguijón en alto. Sus largas antenas serpentearon y nos acariciaron al señor Nadie y a mí.

—Ay, no... ¡tú otra vez! —le dijo con desprecio al señor Nadie—. Francamente, hay personas que de verdad guardan rencores. ¡Señoras! ¡Por acá, por favor!

Las avispas se alborotaron en el nido y cubrieron de inmediato al señor Nadie.

—¡Alto! —grité—. ¡Deténganse!

Con el cuchillo lancé varios tajos. Cayeron cuerpos por todas partes, pero eran demasiadas. Mil trozos de luz pálida, y me acordé de ese sueño, la primera noche que vi a las avispas y pensé que eran ángeles. Había visto una sombra oscura al comienzo de ese sueño y supuse que era mi pesadilla, cuando en realidad había sido el señor Nadie que venía a alertarme y las avispas lo habían bloqueado, como estaba sucediendo ahora, hasta que su sombra desapareció. La hirviente masa de avispas se dispersó de repente, como si les hubieran ordenado hacerlo.

Sólo quedó la reina, aleteando frente a mí, con una antena rozando la parte alta de mi cabeza y el resto fuera de mi alcance. Traté de agarrar la antena a manotazos, pero cada vez que me acercaba, ella la levantaba y la volvía a posar para hablarme.

—¡Por favor, baja el cuchillo! —dijo—. Deja de ser tan tonto. Mira, vamos a llevar al bebé justo ahora.

Era imposible no mirar. El agujero del fondo del nido había empezado a dilatarse y permitía que más avispas volaran al interior para posarse en la cabeza, los hombros y los brazos del bebé. Lo cargarían fuera del nido, a través de la ventana abierta, para depositarlo en la cuna vacía.

—No hay nada que puedas hacer para evitarlo —dijo la reina—. Estás muriendo, Steven. En unos instantes no serás más que otro señor Nadie.

—Aún no estoy muerto —susurré.

Inclinó la cabeza a un lado.

—Tienes razón, todavía no.

Y en un solo movimiento, giró en el aire y me clavó el aguijón. Me atravesó el pecho, justo en el corazón, y la punta tocó el aire de nuevo más allá de mi omóplato.

—Ahí tienes —dijo—. Con eso bastará.

Sentí el veneno que fluía hacia dentro y todo lo que se me escapaba: el aire, los pensamientos, la energía. Percibí un tamborileo distante que se iba haciendo cada vez más lento.

Mi cuerpo empezó a sacudirse, y vagamente me di cuenta de que la reina trataba de liberar su aguijón.

—¡Quita de ahí! —dijo irritada—. ¡Deja de ponernos obstáculos!

Yo no lo estaba haciendo a propósito. Mis rodillas habían cedido y yo estaba hincado, con lo cual tenía a la reina más cerca.

—¡Vamos! ¡Quítate de ahí!

Mi distante corazón, cada vez más débil e irregular en sus latidos, pareció enviarme un último mensaje: *Anda, ya puedes morir... adelante, muereeeeee...*

Y pensé en Theo.

Pensé: *Contrólate*.

Y con una lentitud que me pareció increíble, alcé el cuchillo y lo hundí en el lomo de la reina. Lo sostuve allí mientras ella chillaba y se elevaba en el aire, llevándome con ella pues aún me tenía atravesado con el aguijón.

Se movió y sacudió para un lado y otro, tratando de zafarse de mi peso. Las alas me golpeteaban la cabeza. Me sostuve, con una mano en el cuchillo y la otra aferrada a una larga pata trasera. Volamos junto al brazo del bebé. No sabía de dónde venía mi fuerza. Con un esfuerzo enorme, logré treparme más por su lomo, y sentí que el aguijón se quebraba y se desprendía del abdomen de la avispa. Pero se quedó alojado en mi pecho.

Una de sus antenas me buscó, tanteándome, tratando de entender qué era lo que le ocurría a su cuerpo.

—¡Quita, quita! —gritó.

Tomé la antena y tiré de ella para enrollármela en la muñeca. A través de ella, capté la furia y el terror de la reina como si fuera un flujo de electricidad. Vino en un torrente de palabrotas espantosas, peores que todas las que yo hubiera oído antes. No la reconocía. Era como verla por primera vez.

Saqué el cuchillo de su lomo y lo clavé de nuevo, más arriba, y trepé un poco más hacia su cabeza.

—¡No lastimes a mi bebé! —suplicó.

—¡Jamás intentaría lastimar a mi bebé! —le grité, y hundí el cuchillo en su cuello y lo moví como serrucho hasta que la cabeza se desprendió de su cuerpo. Yo caí también, enredado en la antena.

Oí un último golpe de tambor dentro de mi cabeza y después nada, mientras caía nido abajo. Vi a las obreras arremolinándose en desorden. Sin líder, huyeron del tallo que estaba por quebrarse, del bebé que debían sostener.

El bebé empezó a caer, y yo también, junto a su rostro perfecto, descendiendo hacia el agujero que se iba dilatando en el fondo, hacia fuera del nido, hacia la luz.

*A*brí los ojos jadeando y vi un montón de señores Nadie como poderosas sombras inmóviles. Uno de ellos tenía unas grandes manos planas que sostenía en alto sobre mí y entonaba un canto como si fuera un santo a punto de lograr que alguien se levantara de entre los muertos.

—¡Steven! —oí que alguien gritaba, y luego otra vez—: ¡Steve! ¡Steve!

Sentí que mi corazón saltaba, y que casi me tragaba hacia la oscuridad de nuevo. Abrí los ojos, jadeé y miré aterrado las sombras alrededor. Empezaban a tener rostro, y trajes amarillos y anaranjados muy brillantes. El más cercano a mí estaba retirando las grandes manos planas, que eran un par de planchas de metal.

Yo estaba sin camisa, tiritando.

—Ya tenemos pulso regular —dijo alguien.

—Llevémoslo a la sala de urgencias —dijo otra voz.

—¡Ay, Steven! —era una voz más conocida.

—¡Camilla, por favor!

—¡Había avispas en la casa! —dije con voz ronca.

—Alguien que se ocupe del suero. A moverlo ya.

—Todo está bien —me dijo alguien—. Ya nos hicimos cargo de eso.

—El bebé, Theo —exclamé.

—El bebé está bien. Le salvaste la vida. El bebé está perfectamente.

Y después debí dormirme porque cuando desperté de nuevo estaba en otro lugar, y me sentía más tranquilo. Sólo estaban Papá y Mamá a mi lado, y Mamá estaba cargando al bebé.

Volví a casa al día siguiente. Un par de camionetas de noticieros permanecían estacionadas al frente, y los periodistas trataron de entrevistarnos camino a la puerta, pero Papá no lo permitió.

Sabía lo que había sucedido. Me lo habían contado en el hospital.

La operadora del número de emergencias que recibió mi llamada había enviado una patrulla a nuestra casa para asegurarse de que todo estuviera bien. Dos policías habían llamado a la puerta pero se retiraron al no percibir algo extraño. Cuando estaban por abandonar el lugar, la operadora contestó una llamada anónima, diciendo que había avispas arremolinadas en torno a la casa.

—¿Sería el afilador de cuchillos el que llamó? —pregunté.

—¿El afilador? ¿Por qué él? —dijo Papá.

—Pues... me pareció oír su campanilla mientras estaba encerrado en el baño.

Los policías habían ido a ver en la parte de atrás de la casa y encontraron un enjambre enorme frente a la ventana del baño de arriba. Llamaron a los bomberos de inmediato. Jamás habían visto cosa semejante.

Los bomberos llegaron, y en el momento en que se estaban poniendo los cascos, Mamá volvió a casa. Les dijo que adentro estábamos el bebé y yo y los dejó pasar. Me encontraron inconsciente en el baño, acurrucado sobre el bebé, bajo una nube de avispas. Pero casi al instante, las avispas escaparon por la ventana rota.

Al bebé sólo lo habían picado un par de veces. Dijeron que era asombroso que entre todos esos millares de avispas el bebé sólo hubiera recibido dos piquetes.

Pero yo sí estaba en verdaderos problemas, todo hinchado y con la garganta a punto de colapsar. Los paramédicos me inyectaron montones de adrenalina y antihistamínicos, pero a pesar de eso mi corazón dejó de latir.

Sacaron sus planchas de reanimación y me volvieron a la vida.

Estuve muerto durante veinticinco segundos.

El sábado en la mañana operaron a Theo del corazón. Yo estaba todavía bastante hinchado y me veía mal, pero quise ir con Papá y Nicole esa tarde a verlo. Tenía tubos por todas partes. Se veía tan pequeño. Pero los médicos dijeron que la operación había resultado muy bien y que el bebé era muy fuerte.

—Se va a recuperar por completo —nos dijo el cirujano—. Sólo necesita un par de días más en el hospital.

—Y después nos vamos a casa y todo vuelve a la normalidad —dijo Nicole alegremente.

Vi que Papá miraba a Mamá, y me pregunté qué estaría pensando. A lo mejor era: *El corazón es apenas uno de muchos problemas. Hay más*. O tal vez: *Nada volverá a ser normal*. O quizás, al igual que yo, estaría pensando que nunca podremos saber lo que ocurrirá la semana siguiente, o el mes próximo o el año que viene. Nadie lo sabe, en realidad.

Papá dijo:

—Sí, será agradable volver a casa, ¿cierto?

—Al fin y al cabo, no existe la normalidad —añadí.

Los ojos de Papá se cruzaron con los míos, sorprendidos. Esbozó una sonrisa cansada y asintió.

El exterminador regresó un par de días después de la operación de Theo, para asegurarse de que no hubiera más indicios de infestación de avispas.

El viernes anterior, su cuadrilla había pasado un día entero sacando a paladas el avispero vacío que había en nuestro ático. Llenaron cincuenta bolsas de basura. Y además rociaron la madera con un químico para garantizar que ninguna otra avispa tratara de hacer nido allí.

—¡Qué bichos más extraños! —dijo en su segunda visita, cuando salió de su inspección final en el ático. En la mano tenía unas cuantas avispas blancuzcas ya muertas.

—¿Había visto de éstas antes? —le pregunté.

Era un hombre mayor, que había trabajado exterminando plagas toda su vida. Frunció el entrecejo como si acabara de comerse algo desagradable, y gruñó:

—Una sola vez, quizá. Hace mucho tiempo.

Lo seguí fuera de la casa, mientras inspeccionaba la fachada. El nido frente a la ventana del cuarto de Theo lo habían derribado con un chorro de agua de la manguera de los bomberos. Estaba aún en el suelo, en trozos empapados.

—Pero éste sí es muy raro —dijo—. ¿Ves? Si miras por dentro, no hay celdas. La reina no puso huevos en él. No es más que un cascarón vacío. Nada.

Después de que se fue, recogí los pedazos del nido. Los miré con cuidado. No había señal de que allí, entre esas paredes empapadas, hubiera crecido un bebé. Estaba a punto de dejar caer el último trozo cuando algo me llamó la atención. Algo que resplandeció. Lo examiné más de cerca. Había un pequeño rectángulo casi blanco, con bordes redondeados, atrapado entre el tejido fibroso de la pared. Era la uña más perfecta y diminuta que hubiera visto. Cuando la desprendí, se sintió como papel mojado, lista para rasgarse. Cavé un pequeño hoyo en el suelo y la enterré.

Esa noche, en mi cama, me sentí más cansado que nunca.

Traté de repasar mis dos listas, pero me di cuenta de que jamás llegaría al final de ambas. Así que dije:

—Doy gracias por todas las cosas de mi primera lista —y luego—: quisiera que todos los que aparecen en la segunda lista estén bien. Y también el señor Nadie. Y muy especialmente Theo.

Antes de quedarme dormido, me pareció oír el sonido de la campanilla del señor Nadie, y supe que nunca más lo volveríamos a ver. Oí a Theo haciendo ruiditos y a Mamá que le hablaba bajito mientras le daba su biberón.

Me subí las cobijas hasta más arriba de la cabeza y me dormí en mi nido.